Walther Berger · Gefangen in fremdem Land

AF281950

Über das Buch

Walther Berger berichtet in diesem Buch über seine zweijährige Zeit als aktiver Soldat am Ende des Zweiten Weltkrieges und über seine fast fünf Jahre währende russische Kriegsgefangenschaft. Im Vordergrund stehen Schilderungen, auf welche Weise er und seine Mitgefangenen sich ihr Leben einigermaßen erträglich gestalteten. Die körperlich schwere Arbeit ohne geeignetes Werkzeug, die knappe Nahrung und insbesondere die psychischen Belastungen aufgrund der Willkür ihrer Bewacher zehrten an den Kräften der Kriegsgefangenen. Diejenigen, die in ihre Heimat zurückkehren konnten, waren für ihr weiteres Leben oft von kriegs- und haftbedingten Krankheiten und Ängsten gezeichnet.

Der Autor geht auf geschichtliche Hintergründe ein und schildert auch, wie die UdSSR die deutschen Kriegsgefangenen zum Wiederaufbau zerstörter Gebiete wie auch zum Ankurbeln der brachliegenden Wirtschaft nutzbringend einsetzte.

Walther Berger

Gefangen
in fremdem Land

So erlebte ich den Zweiten Weltkrieg und
die russische Kriegsgefangenschaft

© 2005 Walther Berger
Satz und Layout: Buch&media GmbH, München
Umschlaggestaltung: Kay Fretwurst, Spreeau
Herstellung und Verlag: Books on Demand GmbH, Norderstedt
Printed in Germany
ISBN 3-8334-0552-X

Inhalt

Vorwort

Wer wie ich auf ein langes Leben zurückblicken kann, wird sich oftmals an die Situationen erinnern, in denen alles ganz schnell hätte vorbei sein können.

In meinem Fall sind das sowohl meine relativ kurze aktive Zeit als Soldat der Wehrmacht, als auch die von mir als endlos empfundenen, annähernd fünf Jahre in russischer Kriegsgefangenschaft. Hier ging es schlicht darum, gesund zu bleiben und ans Überleben zu glauben.

Die Erinnerungen an diese Zeit haben mich nie losgelassen. Im Ruhestand und mit zunehmendem Alter traten sie mehr und mehr in den Vordergrund und führten zur Niederschrift dieses Buches.

Walther Berger

Als der Krieg begann

Es war an einem Sonntagnachmittag, als das Schiff in Stettin am Bollwerk anlegte. Ich hatte ein erholsames Wochenende in Stepenitz verbracht, einer kleinen Stadt am Stettiner Haff, bei einem Oberschachtmeister des Betriebes, dessen technischer Leiter ich war. Die Firma hieß Gebrüder Schwartz, war 1856 gegründet worden, beschäftigte 800 Mann und war das größte Unternehmen der Stadt auf den Gebieten der Wasserversorgung, der Kanalisation sowie der Energie- und Klimatechnik.

Das Wetter war trüb. Schon beim Gang über den Steg zum Ufer fiel mir auf, daß die Menschen etwas bedrückte – normalerweise herrschte hier an den Sonntagen eine lockere, ja frohe Stimmung. Den Grund für diese Veränderung erfuhr ich rasch: Adolf Hitler hatte am 31. August 1939 den Befehl zum Einmarsch in Polen zum 1. September um vier Uhr fünfundvierzig gegeben.

In Gedanken versunken stieg ich die Stufen der Hakenterrasse empor und ging dann weiter durch die Innenstadt zu meiner Wohnung. Ich dachte an meine Mutter, die eine Woche zuvor in Dresden verstorben war, und an meine beiden älteren Brüder, gefallen im Ersten Weltkrieg. Mein ältester Bruder hatte 1914 das

Lehrerseminar in Bischofswerda bei Dresden besucht und sich – als die Franzosen im Herbst 1914 in Belgien eingefallen waren – wider alle Vernunft freiwillig zum Fronteinsatz gemeldet; er war bei einem Sturmangriff, der überwiegend von Studenten getragen worden war, bei Langemarck gefallen.

Die Begeisterung der Freiwilligen war damals unbeschreiblich. ›Mit Gott für Kaiser und Vaterland‹ lautete die Parole. Sie erhielten keinerlei militärische Ausbildung. Man drückte ihnen einfach ein Gewehr in die Hand und schickte sie in den Kampf. Diese Handlungsweise des damaligen deutschen Generalstabes war verantwortungslos, ja verbrecherisch. Eine gute Ausbildung ist im Krieg lebenserhaltend. Für diese Schlacht wurde die Intelligenzschicht der damaligen jungen Generation geopfert. Der Inhalt eines Briefes des Rektors des Institutes an meine Eltern fiel mir ein, in dem er sich darüber beklagte, daß sich seine Studenten – ohne sich bei ihm abzumelden und ihre Bücher abzugeben – freiwillig zum Militär gemeldet hätten.

Ein großzügig angelegter, äußerst gepflegter Friedhof in Langemarck mit 45 000 Gräbern ist uns heute Zeugnis und Mahnmal jener Zeit. Während der Zeit des nationalsozialistischen Regimes hatte der Staat das Studium für eine Auswahl begabter, jedoch mittelloser Studenten finanziert, es waren die sogenannten ›Langemarck-Studenten‹.

Der Ausbruch des Krieges wirkte sich sofort auf meine berufliche Tätigkeit aus. Vorgesehene Termine für Bauvorhaben mußten unbedingt eingehalten, eher noch unterschritten werden. Das technische Büro der Firma war im Verhältnis zu dem zu bewältigenden Auftragsvolumen deutlich unterbesetzt. Außer mir arbeitete nur noch ein weiterer Ingenieur in dem Büro, zumeist Schweizer Nationalität und Absolvent der Ingenieurschule in Neustrelitz in Mecklenburg. Die Schweiz war ein neutraler Staat, es gab also keine Einstellungsschwierigkeiten. Hinzu kamen noch ein älterer Techniker und zwei jüngere technische Zeichner. Die gesetzliche 48-Stunden-Woche wurde – ohne Anspruch auf Überstundenvergütung – oft überschritten, was zu jener Zeit selbstverständlich war.

Zur Firma Gebr. Schwartz war ich erstmals Ende 1937 gekommen. Zuvor hatte ich nach der Obersekundareife ein 2 1/2 jähriges Praktikum bei der Firma Hase in Dresden absolviert und abends die technischen Lehranstalten Dresden, Fachrichtung Maschinenbau, besucht. Es folgte ein Ingenieurstudium in der Fachrichtung Energie- und Klimatechnik an der Höheren Deutschen Fachschule in Aue, welches ich im Oktober 1937 mit dem Ingenieurzeugnis (Note ›sehr gut‹) abschloß. Meine anschließende Tätigkeit als technischer Angestellter bei der Firma Gebr. Schwartz wurde nach einigen Monaten durch meine Einberufung zum Reichsarbeitsdienst unterbrochen. Nach 7-monatiger Pflichtzeit kehrte ich zu ihr zurück und stieg dort zum technischen Leiter auf.

Zweckdienliches Mittel für die rasche Ausführung von Bauvorhaben war der Abschluß von Akkordverträgen zwischen dem Unternehmer und den ausführenden Handwerkerfirmen, die es für jede Fachrichtung, wie Erd- und Maurerarbeiten, Heizungsanlagen, Sanitärinstallationen usw. gab. Die darin festgelegten Zeiten entsprachen einer Arbeitsleistung von 100 Prozent. Wurde sie um 20 Prozent übererfüllt, so bekam zum Beispiel ein Erdarbeiter, dessen Stundenlohn damals bei 0,60 Reichsmark lag, 0,72 Reichsmark vergütet.

Mit einem ähnlichen Verfahren zur Bestimmung der Vergütung von Arbeitsleistungen hatte ich mich einige Jahre später in russischer Kriegsgefangenschaft als Brigadier einer Spezialistenbrigade auseinanderzusetzen. Dieses Bewertungssystem trug den Namen ›Stachanow-System‹. Zu Einzelheiten dazu komme ich in einem späteren Abschnitt.

Nun weiter zur Auftragsabwicklung während des Krieges: Von hoher Bedeutung war die Geheimhaltung von Zeichnungen und Berechnungsunterlagen, die den ausführenden Firmen übergeben wurden. Sie mußten im Betrieb unter sicherem Verschluß aufbewahrt und nach Ausführung der Arbeiten wieder zurückgegeben werden. Bei einer Besprechung am Stettiner Haff riß mir ein Windstoß eine Zeichnung aus der Hand und wehte sie ins Wasser. Ich meldete den Verlust. Erst nach zweimaliger Anhörung ließ man die Sache auf sich beruhen.

Hauptauftraggeber war der Staat, vertreten durch die Bauleitungen für die Waffengattungen, also Heer, Marine und Luftwaffe. Z. B. war die Heeresbauleitung für die Erstellung des großen Truppenübungsplatzes ›Westfalenhof‹ bei Neustettin zuständig. Es gab in Pommern während des Krieges eine ganze Reihe derartiger Bauleitungen, welche die Erstellung von Kasernenanlagen und anderen militärischen Einrichtungen in Auftrag gaben. Im Tolensesee bei Neubrandenburg wurde eine Torpedoversuchsstation eingerichtet. Die Bauleitung der Marine in Kiel war zuständig für die Erweiterung der Treibstoffdepots für U-Boote und andere Kriegsschiffe in Mönkeberg in der Kieler Förde. Übrigens, wann immer ich mit dem Zug im Kieler Bahnhof ankam, war dort Fliegeralarm.

Luftwaffenbauämter erstellten Militärflugplätze, z. B. in Barth, nahe Stralsund. Bedeutsam war die Raketenversuchsanstalt in Peenemünde mit dem Physiker und Raketeningenieur Wernher von Braun als technischem Direktor. Hier wurden die Flugkörper V1 und V2 entwickelt, die große Zerstörungen in Englands Städten verursachten. Nach dem Krieg war von Braun in den USA maßgeblich an der Entwicklung des dortigen Raumfahrtzentrums beteiligt. In Peenemünde erstellte unsere Firma leistungsstarke Absauganlagen für die dortigen Laboratorien.

Die Versuchsanstalt in Peenemünde verfügte über einen Speise- und Aufenthaltsraum von hohem Niveau.

Bei länger andauernden Besprechungen war ich dort Gast der Bauleitung. Ordonanzen servierten Speisen und Getränke. Ein glaubwürdiges Ondit besagte, daß man bei Besuchen Hitlers diesem die Existenz dieses Raumes wohlweislich vorenthielt.

Bei einem Besuch der Versuchsanstalt ereignete sich einmal folgendes: Ich hatte meinen PKW am streng bewachten Eingang unverschlossen abgestellt und meinen Fotoapparat im Wagen gelassen. Auf der Rückfahrt nach Stettin wollte ich Pferde auf einer Koppel im Bild festhalten. Ich mußte feststellen, daß der Film aus dem Apparat herausgenommen worden war. Dies konnte nur ein Wachposten der Versuchsanstalt getan haben. Ich ließ den Fall auf sich beruhen.

Von ganz wesentlicher Bedeutung für Deutschland in der damaligen Kriegszeit war die Erzeugung von Treibstoff. Dafür wurde bei Stettin ein Leunawerk erstellt, eines der wichtigsten Unternehmen jener Zeit. Das Werk lag etwa 20 Kilometer von Stettin entfernt in Pölitz, einer Kleinstadt nahe der Verbindung zwischen dem Dammschen See und dem Stettiner Haff. Vorwiegend oberschlesische Steinkohle wurde die Oder abwärts geschifft und im Werk durch Anreicherung von Wasserstoff und unter hohem Druck und hoher Temperatur zu Hydrierbenzin verarbeitet. Die Rückstände wurden eingeschlämmt und über eine in circa fünf Meter Höhe auf Stahlkonstruktionen verlegte Rohrleitung, deren Bögen gegen Verschleiß innen mit Basalt auskleidet waren, zur Auffüllung des Haffgeländes eingesetzt. Den Auftrag für die Verlegung dieser Rohrleitung hatte unsere Firma erhalten.

Es war eine großzügig dimensionierte Werksanlage, die von Stettin kommend westlich einer neu angelegten Betonstraße lag. Gegenüber dem Werk, also ostwärts der Straße, wurden drei Siedlungen für die Unterbringung der Werksangehörigen errichtet. Nun einiges über deren Wohnverhältnisse und über Arbeitstechniken am Bau zur damaligen Zeit:

In der Waldsiedlung, die – wie der Name sagt – in einem kleinen Wäldchen lag, wohnten die leitenden Angestellten in Einfamilienhäusern. Dann kam die Siedlung für die mittleren Angestellten und anschließend die Dünensiedlung für die Arbeiter im Hydrierwerk.

Die Anordnung der Häuser in den Siedlungen war übersichtlich, ihr Äußeres einfach, jedoch geschmackvoll, die Innenaufteilung vor allem in der Waldsiedlung großzügig und zweckmäßig. Die Sanitäreinrichtungen entsprachen dem letzten Stand der Technik damaliger Zeit. Das anfallende Regenwasser wurde, wie es auch heute wieder in ländlichen Gegenden üblich ist, auf den jeweiligen Grundstücken belassen. Es wurde einem Schacht zugeführt und von dort in ein angeschlossenes Drainagerohrsystem geleitet, wo es versickerte. Wegen des hohen Grundwasserstandes, des Feindes aller Bauwerke, war die Abführung des in tiefer liegenden Leitungen erfaßten Schmutzwassers sehr viel schwieriger. In der Waldsiedlung wurde es zu einem zentral gelegenen Hebewerk geleitet und von dort über eine Eternitleitung zur Werkskläranlage gepumpt. Dafür war die Erstellung eines Schachtes erforderlich, dessen Sohle eine Stahlkonstruktion erhielt, die dem Grundwasserauftrieb entgegenwirkte. Die Baugrube für den Schacht war durch eiserne Spundwände abgesichert, ständig laufende Pumpen hielten sie während des Baus grundwasserfrei.

Mit der Erstellung der Siedlungen hatten die Leunawerke die Pommersche Heimstätte, Sitz Stettin, beauftragt, diese wiederum war Auftraggeber meiner Firma, der Gebr. Schwartz.

Für den Aufbau des Werkes wurden auch französische und später russische Kriegsgefangene eingesetzt. Sie waren in einem Lager dicht bei dem Werk untergebracht. Ein Meister meiner Firma empfing sie täglich und brachte sie zur Arbeitsstelle. Sie führten Hilfsarbeiten aus. Nach Feierabend wurden sie wieder ins Lager zurückgebracht. Mit der Entlohnung dieser Arbeitskräfte hatte meine Firma nichts zu tun. Dies war Angelegenheit der Leunawerke. Es erübrigt sich zu erwähnen, daß wir sie vollkommen gleichberechtigt behandelten. Ich wußte, daß einige von ihnen passionierte Raucher waren. Als Nichtraucher ließ ich ihnen die mir zugeteilten Zigaretten zukommen. Da ich sie keinesfalls unmittelbar übergeben durfte, zündete ich jeweils eine Zigarette in ihrer Nähe an, tat einen Zug und ließ sie dann ›versehentlich‹ fallen.

Aus dieser Zeit ist mir deutlich folgendes Bild vor

Augen: Die Gefangenen standen beim Einlegen einer Arbeitspause still – was oft geschah, da die Arbeit sie naturgemäß wenig interessierte –, stützten den Kopf auf den Schaufelstiel und schauten mit abwesendem Blick in die Ferne. Sicher dachten sie an ihre Heimat. Gelegentlich kam es vor, daß ein Kriegsgefangener flüchtete. Mir ist nicht bekannt, ob einer dabei in die Freiheit gelangte.

Die Störung der Treibstoffproduktion war vorrangiges Ziel der feindlichen Luftwaffe. Englische Flieger bombardierten das Werk sehr oft, meist nachts. Zum Schutz vor den feindlichen Bombern war es mit einer dichten Fesselballonsperre in unterschiedlicher Höhe umgeben. Dazu kam ein starkes Aufgebot an Flakeinheiten.

Trotz der Zerstörungen, welche die Bombardierungen anrichteten, hielten sich die dadurch verursachten Betriebsunterbrechungen in erträglichen Grenzen. Wichtige Ersatzteile für die Produktionsanlagen des Werkes lagerten in mehrfacher Ausfertigung in den umliegenden Dörfern. Nach den Angriffen wurden die davon benötigten Teile zum Werk transportiert.

Da meine Anwesenheit auf der Baustelle ›Hydrierwerke‹ oft gefragt war, hatte ich von dem Stettiner Rechtsanwalt Klockzin bei dem Dorf Alt Lehse in Werksnähe ein Grundstück mit einem kleinen Holzhaus gepachtet. Erlebte ich hier einen Luftangriff, kam es gelegentlich vor, daß Flaksplitter das Dach durchschlugen. Zum Schutz vor derartigen Einschlägen hatte ich dicke Holzbohlen auf das Bett gelegt und schlief darunter auf dem Fußboden, so weit unter diesen Umständen überhaupt an Schlafen zu denken war.

Ungeachtet des Krieges wurde in Dievenow an der Ostsee ein Kindererholungsheim – das Dr.-Goebbel-Heim – errichtet. Auftraggeber war eine Baugruppe, die dem damaligen Architekten und Generalbauinspekteur Albert Speer unterstellt war. Bauleiter war der Berliner Architekt Wehle, der sich intensiv um das Bauvorhaben bemühte. Die Innenausstattung der Gebäude war in jeder Hinsicht vorbildlich, unter anderem gab es ein Soleplanschbecken für die Kinder. Die Arbeiten schritten gut voran. Die künftige Heimleiterin wohnte schon während des Baues vor Ort. Das Heim besaß jedoch nur eine niedrige Dringlichkeitsstufe, die Materialzuteilung war sehr knapp. Mir gelang es, aus dem Überschuß anderer Bauvorhaben einiges für das Heim abzuzweigen.

Während des Krieges wurden Produktionsverfahren zur Herstellung von Textilfasern neu entwickelt. In Landsberg an der Warthe entstand eine Versuchsfabrik für synthetische Fasern. Für dieses Vorhaben erhielt meine Firma umfangreiche Aufträge.

Der Winter stellte bei der Ausführung von Erdarbeiten naturgemäß ein Haupthindernis für die Einhaltung der gesetzten Termine dar. Auf der Baustelle ›Truppenübungsplatz Westfalenhof‹ stoppte anhaltend starker Frost die Weiterführung eines 80 Meter langen Rohrgrabens, der bereits weitgehend mit Holzbohlen ausgesteift und vorsorglich abgedeckt worden war. Nahezu alle Arbeiter des Barackenlagers fuhren aufgrund des frostbedingten Stillstandes ihrer Arbeiten nach Hause. Sie wurden nach den geltenden gesetzlichen Bestimmungen für Schlechtwetter entlohnt. Als das Frühlingswetter abrupt einsetzte und die Arbeitskräfte wieder anreisten, fanden sie auf der Baustelle einen Rohrgraben mit zusammengebrochenem Aussteifungsmaterial vor. Es dauerte einige Zeit, bis der Schaden behoben war und die Rohre schließlich verlegt werden konnten.

Der Ausführungsdruck für die Aufträge war groß. So kam es gelegentlich vor, daß ich nach einem späten Besprechungsende bei einer Bauleitung mit dem Wagen losfuhr, nach gut 100 Kilometern in einem Waldstück parkte, sogleich fest einschlief und zu früher Morgenstunde wieder startete, um am Tage an Verhandlungen bei einer weiter entfernt gelegenen Bauleitung termingerecht teilnehmen zu können.

Die Fahrstrecken, die ich mit dem PKW zurückzulegen hatte, waren erheblich, die Benzinzuteilungen wurden jedoch immer knapper. Dies führte dazu, daß ich von einem BMW (s. Abb. 1) mit zwei Liter Hubraum auf einen kleineren Opel Kadett und später auf einen DKW Meisterklasse der Firma Auto Union umstieg. Dieser konnte mit demselben Brennstoffgemisch gefahren werden, mit dem die Grundwasserabsenkungspumpen der Baustellen betrieben wurden. Reichte die Zuteilung nicht, wußte ich also, wo ich Sprit herbekam.

Eine Episode ist hier besonders erwähnenswert: Auf einer meiner Heimfahrten, ungefähr 80 Kilometer von Stettin entfernt, streikte plötzlich der Motor meines Wagens. Es war ein größerer Schaden, den ich nicht beheben konnte. In einiger Entfernung entdeckte ich einen Bauern, der auf dem Feld pflügte. Zu diesem ging ich und bat ihn, mit seinem Pferd meinen Wagen zur nächsten Reparaturwerkstatt abzuschleppen. Er entsprach bereitwillig meiner Bitte, und wir brachten den Wagen zur nächsten Dorfschmiede – in der damaligen Zeit gab es auf dem Lande kaum Autoreparaturwerkstätten. Der Dorfschmied brachte daher Kraftwagen jeglichen Fabrikats in Ordnung. Bei meinem Wagen brauchte er zwei Tage für die Instandsetzung. Währenddessen wohnte ich gleich nebenan in einem Bauernhof mit Verpflegung. Hier nutzte ich die Gelegenheit und erledigte einige Büroarbeiten.

In guter Erinnerung ist mir ein Urlaub im Sommer 1942. Meine Schwester aus Dresden besuchte mich. Wir verbrachten drei Wochen lang eine schöne Zeit an der Ostsee und wohnten in einem Zimmer des Internatsgebäudes der Baltenschule in Misdroy, dessen Zimmer während der Ferien an Gäste vermietet wurden. Diese Schule wurde vor allem während des Krieges von Angehörigen des Adels besucht. Wir unternahmen Ausflüge in die nähere Umgebung, besuchten auch mal das Kurhotel in Swinemünde, saßen dort auf der Terrasse, blickten hinaus aufs Wasser

und lauschten der Musik der Kapelle, etwa dem Lied
›Winke, winke Afrika‹, vorgetragen von einem Sänger
mit guter Stimme.

Abb 1.: Photographie von Walther Berger, 1939

Stettin

Nun wissen Sie einiges über meine berufliche Tätigkeit,
daher möchte ich jetzt über die Stadt Stettin und das
Leben dort während des Zweiten Weltkrieges berichten.
Als dieser 1939 begann, wurde die Stadt um die Gebiete
der Landkreise Randow, Greifenhagen und Naugard
erweitert. Groß-Stettin besaß damit eine Gesamtfläche
von 45 000 Hektar mit 580 000 Einwohnern. Die Stadt
zeichnete sich durch geradlinige, saubere Straßen, ge-
pflegte Parkanlagen und repräsentative Bauten aus – eine
preußische Stadt. 1939 konnte sie auf ihr 700-jähriges

Bestehen und eine wechselvolle Geschichte zurückblicken: Beim ›Westfälischen Frieden‹, der 1648 den
30jährigen Krieg beendete, fielen unter anderem Rügen,
Stettin und die Odermündung an Schweden. Gegen die
Zahlung von zwei Millionen Talern trat Königin Ulrike
Eleonore von Schweden am 21. Januar 1770 im ›Frieden
zu Stockholm‹ die Stadt Stettin mit den Gebieten zwischen Oder und Peene, den Inseln Wollin und Usedom,
den Ausflüssen der Swine und Dievenow, dem Stettiner Haff und der Oder an Friedrich Wilhelm I., König
von Preußen, ab. Damit hatte Stettin einen Zugang zur
Ostsee, ein wichtiger Fakt für seinen Handel. Die Stadt
war zu diesem Zeitpunkt stark verfallen und mußte
neu aufgebaut werden. Der König begann mit dem
Neuaufbau unmittelbar nach dem Erwerb mit großer
Akribie. Es entstand eine neue, aufstrebende Stadt. Der
preußische Staat war wichtiger Impulsgeber für diese
Entwicklung. Die Ratsherren hatten sich nicht mehr der
Bürgerschaft, sondern dem preußischen Beamtentum
unterzuordnen.

Der Nachfolger Friedrich Wilhelms I., Friedrich der
Große, führte die Stadt weiter zur Blüte, indem er den
Handel vorantrieb. Er verstärkte die Handelsflotte und
ließ die Wasserstraße nach dem zur Stadt erhobenen
Swinemünde vertiefen. Er förderte die Einwanderung
und das Bevölkerungswachstum, Stettin zählte 15 000
Einwohner und galt als Tor zur Ostsee.
Es kam die Zeit, in der Napoleon I., Kaiser der Franzo-
sen, Europa mit Krieg überzog. Am 29. Oktober 1806

war der wirtschaftliche Aufstieg der Stadt jäh unterbrochen, Stettin wurde kampflos den Franzosen übergeben. Sieben lange und bittere Jahre Besatzungszeit folgten, der Handel lag vollkommen darnieder, die Bevölkerung verarmte, Hunger breitete sich aus. Bis zum 5. Dezember 1813 währte die Besatzung, dann – nach einer harten Belagerungszeit von zehn Monaten – war die Stadt wieder frei. Die schlimme Zeit hatte den Aufbauwillen der Stadt und ihrer Bewohner nicht brechen können, mit Tatkraft expandierte sie weiter. Die sie einengenden Festungsanlagen wurden abgebaut und das dadurch frei werdende Gelände besiedelt. Umliegende kleinere Städte und Dörfer wurden eingemeindet.

Gleichzeitig mit dem Aufstieg der Stadt fand ihre Einbindung in die Verkehrsnetze des Landes statt, geschotterte Landstraßen – Chausseen – dienten dazu. Die erste wurde Anfang des 19. Jahrhunderts erstellt, sie führte nach Garz. Danach wurde die Eisenbahnstrecke nach Berlin dem Verkehr übergeben. Schon zuvor, 1869, war eine Gesellschaft für den Großschiffahrtsweg nach New York gegründet worden. Im ersten Jahrzehnt des zwanzigsten Jahrhunderts rückte die Stadt durch den Bau von drei Brücken enger zusammen. Zu Beginn des Ersten Weltkrieges ging der Schiffahrtsweg nach Berlin in Betrieb. Für den zahlreicher werdenden Kraftfahrzeugverkehr wurde die Strecke Stettin – Berlin kurz vor Beginn des Zweiten Weltkrieges in das deutsche Reichsautobahnnetz eingebunden.

Ich wohnte in Stettin bis zu meiner Einberufung zur Wehrmacht am 5. Februar 1943.

Unternehmen wir während dieser Zeit einen Bummel durch die Innenstadt. Luftangriffe fanden eher selten statt, die dabei angerichteten Zerstörungen hielten sich im Rahmen. In Anbetracht des Krieges verlief das tägliche Leben relativ normal.

Treten wir aus dem Gebäude Luisenstraße 19, dem Sitz der Firma Gebr. Schwartz, heraus, blicken wir auf die gegenüberliegende Marmorfassade des ›Preußenhofes‹, früher ›Hotel de Prusse‹. Es ist nicht nur ein Hotel, sondern hat auch einen Konzertsaal, in dem für ein anspruchsvolles Publikum Darbietungen von Künstlern stattfinden. In diesem Hotel steigen auch die fast ausschließlich dem preußischen Adel angehörenden Gutsbesitzer Pommerns ab, wenn sie zur Erfüllung geschäftlicher Aufgaben oder auch gesellschaftlicher Verpflichtungen nach Stettin kommen. Sie fahren mit ihren Wagen, zumeist ein Horch Achtzylinder, mit Chauffeur und Diener vor.

Schräg gegenüber liegt das ›Trocadero‹, ein Tanzkabarett, in dem namhafte Künstler auftreten und in dessen Bar man in gemütlicher Runde feiern kann. Zum Ende der Luisenstraße hin steht das Provinzmuseum, ein Eckgebäude, in dem man mittels gut fundierter Darstellungen viel über die Geschichte Pommerns erfahren kann. Geradeaus in circa 30 Meter Entfernung steht ein Denkmal Friedrich II., des Großen. Er hält einen Kommandostab in der Hand. Die Sockelinschrift lautet ›Pommern – Friedrich II – 1793‹.

Blickt man vom Denkmal circa 300 Meter Richtung Oder, sieht man das Königstor, errichtet im Barockstil. Unweit rechts daneben steht das Stadttheater als Abschlußgebäude des Königsplatzes. Es faßt 1 200 Zuschauer und bietet ein großes Repertoire. Heinrich George, einer der bekanntesten Schauspieler der damaligen Zeit und gebürtiger Stettiner, tritt hier wiederholt in Gastspielen auf. Die Vorstellungen sind meist ausverkauft. Das Unternehmen, dem ich angehöre, hat für seine Angestellten wöchentlich zwei Plätze in einer der vorderen Parkettreihen reservieren lassen. Auf diese Weise wurde ich regelmäßiger Theaterbesucher.

Gehen wir weiter von der Statue Friedrich des Großen in Richtung Paradeplatz, stoßen wir in circa 150 Meter Entfernung auf das Kaiser-Wilhelm-Denkmal. Wir biegen ein in den Paradeplatz, nach circa 600 Meter kommt an dessen Ende die Abzweigung ›Grüne Schanze‹. Zunächst passieren wir das im italienischen Renaissancestil erbaute Generallandschaftsgebäude, den Sitz der Oberpostdirektion. Nun lädt das im Barockstil zur Zeit Friedrich Wilhelm I. erbaute, 1940 vollendete Berliner Tor zum Betrachten ein. Es folgt der Ufa-Palast mit der Gaststätte ›Alte Wache‹, zur Erinnerung daran, daß an dieser Stelle die Hauptwache gestanden hat. Hier speisen, vor allem während der Mittagszeit, Geschäftsleute. Es ist ein gutes Lokal mit einer vielfältigen Speisekarte.

Gegenüber der vorstehend beschriebenen Seite des Paradeplatzes stehen insbesondere Geschäftsgebäude. Auch eine Weinstube ist darunter, mit einer Tanzdiele aus Glasbausteinen, von unten beleuchtet. Man tanzt nach rhythmischer Musik langsamen und Wiener Walzer, Foxtrott und Tango.

Wir sind am Ende des Paradeplatzes angelangt und gehen die ›Grüne Schanze‹ abwärts. Wir kommen zum ›Menzelbrunnen‹, der unweit der Oder steht und nach dem deutschen Maler und Grafiker Adolph von Menzel benannt ist. Er symbolisiert in beeindruckender Weise die während der friderizianischen Zeit herrschende Wirtschaftsauffassung des Merkantilismus. Ein kraftvoller Herkules hilft ein Schiff flott zu machen, unter dem Wasser hält eine Nixe ihre Hand an das Heck des Schiffes, gleichzeitig peitscht sie mit ihrer Flosse das Wasser auf. Am Heckaufbau ruht ein Löwe mit einer Krone auf dem mächtigen Kopf, Symbol des Schutzes für Schiffahrt und Handel.

Wir gehen weiter abwärts zum Schwedter Ufer an den Taxiständen vorbei, treten durch den Haupteingang in das Bahnhofsgebäude ein, halten im ›Blauen Saal‹ eine kurze Kaffeestunde und sprechen dabei noch einmal über das während des Spazierganges Gesehene und Erlebte.

Obwohl Krieg herrschte, gab es neben der Vielzahl von Darbietungen auf künstlerischem Gebiet weitere Möglichkeiten sich zu bilden oder auch sportlich zu betätigen. Dazu zählte eine anspruchsvolle Sprachenschule.

Hier besuchte ich Mitte des Krieges einen Sprachkurs für Englisch auf Dolmetscherebene; die erworbenen Kenntnisse sollten mir in meinem Berufsleben nach dem Krieg noch sehr zugute kommen.

Das Kulturinstitut der Stadt Stettin, Am Marienplatz 1, veranstaltete Abendkurse zur Weiterbildung, unter anderem auf naturwissenschaftlichem und geschichtlichem Gebiet.

Wenn es meine knappe Freizeit erlaubte, ging ich zum Schwimmen, meinem Lieblingssport. Im Sommer bevorzugte ich das Freibad ›Grüne Wiese‹, in welchem das Wasser über Stufen dem Becken zugeführt und dabei belüftet und gefiltert wurde. Bei schlechtem Wetter und im Winter besuchte ich das Hallenschwimmbad am Rossmarkt, das nahe am ›Rossmarktbrunnen‹ lag. Dieser ebenfalls zur Zeit Friedrich Wilhelm I. im Barockstil erbaute und noch während seiner Regierungszeit in Betrieb genommene Brunnen diente ursprünglich der Wasserversorgung der Stadt. Das Hallenbad war modern eingerichtet und sein Becken 25 Meter lang. Die Wassertemperatur betrug, wie damals üblich, 17–18 Grad Celsius. Während meiner Reserveoffiziersbewerber(ROB)-Zeit in Stettin-Podejuch beim Pionierbataillon 2 enthielt der Dienstplan auch den regelmäßigen Besuch des Hallenschwimmbades. Mutprobe: Sprung aus drei Meter Höhe mit einem Kameraden huckepack auf den Schultern.

Es gäbe noch viel über Stettin zu berichten, über die Vielzahl der historischen Bauwerke, die Kirchen, das

Regierungsgebäude, das Schloß, den Münzhof, das Börsengebäude, die Schiffswerften, die Stoewer Automobilwerke und die Vielzahl von Denkmälern, nicht zu vergessen die Umgebung, in welche die Stadt eingebettet ist, die Wälder, die Oderniederung bis zur Ostsee, sowie viele andere Dinge. Darüber zu schreiben ist nicht Sinn meines Erlebnisberichtes. Das Schicksal der Stadt: 1944 wird Stettin durch Luftangriffe stark zerstört und anschließend von Soldaten der UdSSR erobert. Mitte 1945 wird Szczecin (Stettin) unter polnische Verwaltung gestellt und Hauptstadt des polnischen Woiwodschaft-Regierungsbezirkes. Die deutsche Bevölkerung wird ausgewiesen. Dafür rücken Aussiedler in großer Zahl aus dem ehemals ostpolnischen Gebiet, das die UdSSR übernommen hat, zur Besiedlung in die Woiwodschaft ein. Heute ist Szczecin mit über 420 000 Einwohnern die größte Hafenstadt Polens. Die industrielle Struktur ist nahezu geblieben. Als Ausdruck der Verbundenheit mit dieser ehemals deutschen Stadt ist Lübeck seit 1953 ihre Patenstadt.

Polen ist heute ein offeneres Land geworden. Deutsche Unternehmen fassen hier Fuß. An größeren Werken ist der Staat mehrheitlich beteiligt.

Die Eingliederung Polens in die Europäische Union – zusammen mit neun weiteren Staaten – erfolgte am 1. Mai 2004. Damit hat die Europäische Union circa 455 Millionen Einwohner aus 25 Staaten.

GEBR.SCHWARTZ,STETTIN

WASSERVERSORGUNG / KANALISATION
ROHRLEITUNGSBAU / ZENTRALHEIZUNG / LÜFTUNG

Tel.-Adr.: Gebr. Schwartz, Stettin / Fernruf 31493 / Reichsbank-Girokonto 8129 / Provinzialbank Pommern, Stettin, Girokonto 2249 / Postscheckkonto : 11386
Hauptbüro: Luisenstraße 19   Gegründet im Jahre 1856

Antwort auf Ihre Zuschrift vom ....

STETTIN, den 4. Februar, 1943.

Z e u g n i s !

Herr Ing. Walter Berger geb. 17.6.1916 zu Dresden, war
in unserem Unternehmen seit dem 1.4.1939 tätig. Nachdem er
zunächst grössere Heizungs- und Lüftungsanlagen aller Syste-
me projektiert und deren Ausführung geleitet hatte, arbeitete er sich auch sehr rasch in unsere Kanalisations- und
Wasserversorgungsabteilung ein. Hier stellte er mehrere
Projekte über Pumpstationen, Hydrophoranlagen sowie für Re-
gen- Schmutz- und Mischwasserkanalisationsanlagen, Abwasser-
hebestationen und automatische Kanalspüler auf und leitete
deren Ausführung. Im August 1939 wurde er Leiter der technischen Abteilung. Als solcher oblag ihm die Überwachung der
Arbeiten im Büro und auf den Baustellen. Er hat dabei stets
mit grosser Umsicht und Zuverlässigkeit gearbeitet und sehr
gutes fachwissenschaftliches- und praktisches Können ge-
zeigt. Mit den Bauleitungen der verschiedenen Baustellen
stand Herr Berger stets in bestem Einvernehmen und arbeitete
zu deren vollsten Zufriedenheit. Am 5. ds. Mts. verlässt uns
Herr Berger, um seiner Einberufung zum Militär Folge zu
leisten.
Wir wünschen ihm für seine Zukunft alles Gute.

Gebr. Schwartz.

2. Ausfertigung

Abb. 2

Chronographie

Militärische Laufbahn bis zur Kapitulation bei Königsberg

1. Am 5. Februar 1943 Einberufung zur Wehrmacht, Fahrt von Stettin zum Pionier-Bataillon 12 in Schwedt an der Oder. Wenige Tage danach ging es nach

2. Graudenz an der Weichsel zur Festung Corbiere. Hier erfolgte die Rekrutenausbildung zum Pionier. Mitte Juni 1943 wurde ich zu einem

3. ROB-Lehrgang beim Pionier-Bataillon 2 nahe Stettin abkommandiert. Abschluß: ROB-Gefreiter. Es folgte der

4. Fronteinsatz im Mittelabschnitt der UDSSR im Raum von Mogilëv. Ernennung zum ROB-Unteroffizier.

5. Mitglied einer Kommission zur Festlegung von Verteidigungslinien um Graudenz.

6. 17. Fahnenjunkerlehrgang an der Pionierschule 1 in Dessau/ Roßlau, Inspektion der ›Prinz Eugen‹. Abschluß als Oberfähnrich, rückwirkend zum 1. Dezember 1944 zum Leutnant der Reserve ernannt.

7. Zugführerlehrgang für schwere Waffen, Pionierschule 3 in Regensburg.

8. Mitte Februar 1945 zur Führerreserve Ost bei Potsdam abkommandiert.

9. Am 2. April 1945 Fahrt mit dem norwegischen Frachter ›Vale‹ von Swinemünde nach Pillau.

10. Am 7. April 1945 dem Panzer-Pionierbataillon 89 als Kompanieführer zugeteilt.

11. Schwere Abwehrkämpfe im Raum Pillau gegen eine vielfache Übermacht.

12. Am 16. April 1945 Kapitulation bei Königsberg, Beginn der russischen Gefangenschaft.

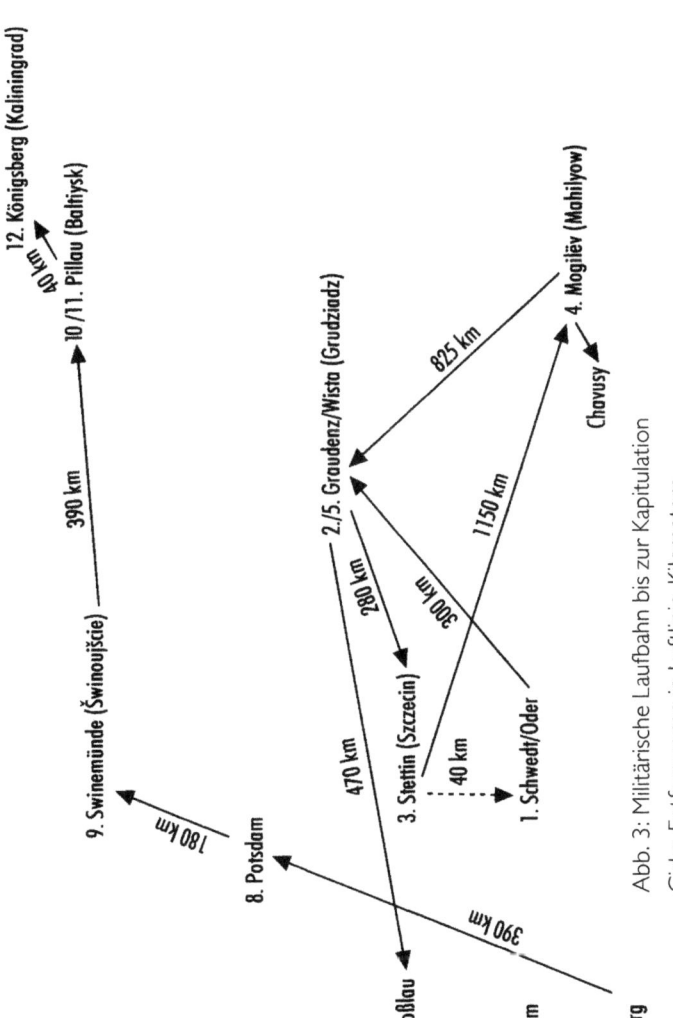

Abb. 3: Militärische Laufbahn bis zur Kapitulation
Cirka-Entfernungen in Luftlinie-Kilometern

Orte und Entfernungen:

- 12. Königsberg (Kaliningrad)
- 10./11. Pillau (Baltiysk)
- 9. Swinemünde (Świnoujście)
- 8. Potsdam
- 4. Mogiljëv (Mahilyow)
- Chavusy
- 2./5. Graudenz/Wisła (Grudziądz)
- 3. Stettin (Szczecin)
- 1. Schwedt/Oder
- 6. Dessau/Roßlau
- 7. Regensburg

40 km, 390 km, 825 km, 1150 km, 280 km, 300 km, 40 km, 470 km, 180 km, 390 km, 320 km

So wurde ich Pionier

Laut Stellungsbefehl sollte ich mich am 5. Februar 1943 um neun Uhr auf dem in der Stadtmitte von Stettin gelegenen Kasernengelände melden. Zu diesem Zeitpunkt hatte ich einige arbeitsreiche Tage hinter mir: Baustellen mußten übergeben und Abrechnungen erstellt werden. Allgemein war das Auftragsvolumen der Firma stark zurückgegangen, neue militärische Anlagen wurden nicht mehr errichtet. Dies war sicherlich einer der Gründe für meine Einberufung zum Wehrdienst.

Zu diesem Zeitpunkt wohnte ich in einem kleinen Appartement eines Siedlungshauses in der Rankestraße, das der Witwe eines Schlachthausdirektors gehörte. Ich wollte pünktlich sein, hatte meine Koffer gepackt und stand nur noch davor, mich von meiner Vermieterin zu verabschieden. Frau Vogel überraschte mich jedoch mit einer Einladung zu einem Abschiedsfrühstück. Im Wohnzimmer war ein Tisch gedeckt mit den köstlichsten Dingen, die ich in der Kriegszeit seit langem nicht mehr gegessen hatte. Zwei Seelen kämpften – ach! – in meiner Brust: entweder den Stellungsbefehl pünktlich zu befolgen oder die verführerische Einladung anzunehmen. Letzterer konnte ich nicht widerstehen, denn bei den wenigen Lebensmittelmarken, die ich erhielt, war ein solches Mahl ein Traum. Nachdem Frau Vogel mich nochmals eindringlich gebeten hatte, mit ihr zu frühstücken, tat ich dies auch – genüßlich und in aller Ruhe.

Danach verabschiedete ich mich, begab mich zum Kasernengelände und traf dort mit über einer Stunde Verspätung ein. Ich meldete mich bei dem Major, der die Zuteilung zu den einzelnen Truppengattungen vornahm, und war wegen meiner Unpünktlichkeit auf eine Zurechtweisung gefaßt. Er musterte mich mit vernichtendem Blick und sagte vorwurfsvoll: ›Jetzt beginnt für Sie ein neuer wichtiger Lebensabschnitt, in den Sie mit erheblicher Verspätung eintreten. Die Truppe, der Sie zugeteilt werden sollten, ist bereits abgerückt. Verblieben ist nur noch die Truppe der Pioniere. Treten Sie bei dieser ein.‹ So wurde ich Pionier. Vielleicht sollte das so sein.

Wir wurden zu dem 50 Kilometer entfernten Schwedt an der Oder gebracht. Dies war der Sitz des Pionier-Bataillons 12, meines Stammbataillons. Hier blieben wir einige Tage und wurden eingekleidet. Jeder erhielt Drillichzeug für die Arbeit, Dienstkleidung, Ausgehuniform, Käppi und Schirmmütze, Schnürschuhe und Stiefel, Socken und Fußlappen, alles maßgerecht verpaßt, Brotbeutel und Tornister, Gewehr 98 und Seitengewehr, Gasmaske, Patronentasche, Lederkoppel mit Schloß, Aufschrift: ›Gott mit uns‹ – den haben wir später oft gebraucht.

Wir gaben unsere Zivilkleidung ab. Kurz danach wurden wir nach Graudenz an der Weichsel in Marsch gesetzt. Hier erhielten wir in der Festung Corbiere und deren Umgebung unsere Rekrutenausbildung.

Rekrutenausbildung in Graudenz

Die Waffengattung der Pioniere gehörte damals wie heute zur vielseitigsten des Heeres. In Graudenz erhielten wir eine harte, jedoch gute Grundausbildung. Eine solche bildet im Krieg oft eine wichtige Voraussetzung fürs Überleben.

Unsere infanteristische Ausbildung begann mit dem allgemeinen Exerzieren. Wir marschierten mit dem Gewehr bewaffnet in Gliedern zu dritt. Fünfzehn Glieder bildeten einen Zug, drei Züge eine Kompanie, drei Kompanien ein Bataillon. Wir übten Formationsänderungen. Dies war für uns relativ einfach, zumal wir zunächst nur bis zur Größe einer Kompanie übten und fast alle Kameraden zuvor den Arbeitsdienst absolviert hatten – mein Jahrgang übrigens statt der üblichen sechs Monate einen Monat länger.

Der Reichsarbeitsdienst (RAD) hatte mich 1938 zunächst nach Primkenau geführt, wo wir den Sprottebruch, ein Sumpfgebiet, für dortige Ansiedlungen durch Polderbau entwässerten. Später ging es nach Trier, wo wir bei der Errichtung des Westwalls längs der deutsch-französischen Grenze mithalfen. Der Slogan hieß: ›25 Pfennig (pro Tag!) ist der Reinverdienst, ein jeder muß zum Arbeitsdienst.‹ In Trier stieg der Verdienst auf stolze 50 Pfennig pro Tag.

Beim Arbeitsdienst hatten wir beim Exerzieren den Spaten in der Hand und sangen: ›Unsere Spaten sind Waffen des Friedens ...‹ Im Unterschied dazu übten wir als Pioniere mit einer Schußwaffe – Gewehr 98 – in der Hand, dazu paßte der Text des Liedes allerdings nicht.

Wir lernten den Aufbau und den Umgang mit dem Gewehr, erfuhren, daß es aus sieben Teilen besteht und die Linie vom Auge des Schützen über Kimme und Korn zum Ziel führt. Letzteres wurde zum Beispiel wie folgt beschrieben: eigener Standort, von hier geschätzte Entfernung zu einem markanten Ziel, von da einen Daumensprung nach links oder nach rechts. Bei einem Daumensprung streckt man einen Arm nach vorn und visiert den nach oben gestreckten Daumen, schließt ein Auge, öffnet dann dasselbe und schließt dafür das andere Auge. In einem Kilometer Entfernung beträgt der waagerechte Abstand zwischen den beiden anvisierten Punkten ungefähr 40 Meter. Die Beschreibung dieses Vorgangs klingt kompliziert, die Durchführung ist aber einfach.

Geübt wurde, aus jeder Körperhaltung mit der Waffe auf dem Boden in Stellung zu gehen, dabei sich nach vorn zu bewegen, anschließend – um den Feind zu täuschen – sich nach links oder rechts ein- oder mehrmals um die eigene Achse zu drehen. Gar nicht so einfach, wir mußten es oft wiederholen.

Außerdem trainierten wir, hohe Hindernisse zu überwinden. Dazu diente die vier Meter hohe Eskaladierwand, eine Hinderniswand aus Holz, die nur in Teamwork zu bewältigen war. Die Übung erfolgte mit und ohne Ausrüstung. Um sich möglichst flach auf dem Boden zu bewegen, robbten wir immer wieder durch einen Kriechgang von sehr geringer Höhe.

Nun folgte eine der wichtigsten Pionieraufgaben, das Sprengen. Geübt wurde auf einem hoch gelegenen Gelände an den Ufern der Weichsel, die die Landschaft wie ein dunkles Band durchzog. Wir konnten sie von oben gut sehen. Es war Frühling, das Wetter trüb. Wir begannen mit dem sogenannten Gewöhnungssprengen. Dazu wurde ein Sprengkörper auf den Erdboden gelegt. Wir lagen bäuchlings in circa fünf Meter Abstand, das Gesicht nur gering über dem Boden, die Ohröffnungen mit den Fingern dicht geschlossen, den Mund geöffnet. Dann wurde gezündet.

War es unsere Aufgabe, für die Infanterie einen Weg etwa durch ein Stacheldrahthindernis frei zu legen, wurde unter das Hindernis eine gestreckte Ladung – ein Brett mit mehreren hintereinander angeordneten Sprengkörpern – geschoben und anschließend gezündet. Auf diese Weise wurde in das Hindernis ein Loch gesprengt, man meldete ›Hier Gasse‹ und die Infanterie konnte passieren.

Wir lernten auch, Haftladungen an Panzer anzubringen oder uns im ›toten Winkel‹ an Bunker anzuschleichen und sie dann zu sprengen. Schwierig war es, einen Schornstein so zu sprengen, daß er in die gewünschte Richtung fiel. Die Ladung mußte genau dosiert und an der richtigen Stelle angebracht werden. Gezündet wurde vorwiegend mit einer Zeitzündschnur. Die Fortpflanzungsgeschwindigkeit betrug einen Zentimeter in einer Sekunde. Die Schnellzündschnur führte praktisch sofort zur Explosion. Gleiches galt für die elektrische Zündung.

Wir sind Pioniere, der Stolz der Armee,
wir schlagen die Brücken, durchqueren den See.

– mit diesem Lied auf den Lippen marschierten wir oft zum Wasserübungsplatz an der Weichsel. Wichtigstes Element beim Bau einer Brücke war der Ponton, dessen Gewicht bei circa 900 kg lag. Getragen wurde er je Längsseite von zehn Mann, also zusammen von 20 Mann. Gerechnet wurde bei dem Transport von Brückenteilen pro Mann mit 40–50 Kilogramm Gewicht als Normalbelastung. Die Pontons wurden so genau wie irgend möglich in die Brückenlinie eingefahren und dann verankert. Darauf kamen die Streckträger für die Unterkonstruktion der Brücke, getragen von sechs Mann, dann folgte der Bohlenbelag, der auf jeder Seite durch einen Rödelträger, getragen von vier Mann, fixiert wurde. Die Kommandos für das Aufnehmen der einzelnen Anlagenteile lauteten ›Nehmt auf‹ bzw. ›Nehmt ab‹. Schwierig war vor allem das Einrudern der einzelnen Pontons in die Brückenlinie und das Festlegen derselben. Für die dafür verwendeten Taue und Seile gab es bestimmte ›Stiche und Bunde‹, zum Beispiel den einfachen und den doppelten Ankerstich oder für das Festmachen eines Bootes den Pollerschlag, ferner den einfachen und den doppelten Mastwurf usw.

Zum Üben des Pontontransportes wurde ein Ponton durch das Gelände getragen, obenauf stand der Ausbildungsunteroffizier. Durch Klopfen mit einem Stock auf den Pontonboden gab er das Marschtempo an. Es kam vor, daß einige Kameraden der schweren Belastung dadurch zu entgehen suchten, daß sie die Schultern einzogen. Die anderen mußten dann umso mehr tragen. Hügeliges Gelände führte oft zu ungleichmäßiger Schulterbelastung. Das war ganz schön anstrengend, wenn die Last vorübergehend ein Mehrfaches der Normallast betrug, hartes Kraft- und Konditionstraining.

Bäumchen wechsel dich

Wie aus der oben erwähnten Auflistung der bei unserem Stammbataillon in Schwedt an der Oder empfangenen Ausrüstungsgegenstände hervorgeht, gab es verschiedene Kleidungs- und Ausrüstungsvarianten. Auch diese mußten geübt werden. Also, heraustreten vor das Gebäude in Arbeitsdrillich, Schnürschuhen und Käppi auf dem Kopf in fünf Minuten. Wir zogen uns an, rasten die Treppen hinunter und traten an. ›Kontrolle! Kleidung nicht richtig zugeknöpft, Schuhe nicht fest geschnürt. Weggetreten! In sieben Minuten im Ausgehanzug antreten.‹ Beanstandungen: ›Schuhwerk nicht blank, Taschentuch schmutzig.‹ In der geschilderten Weise ging es über eine Stunde lang rauf auf die Stuben und runter auf den Hof.

Der militärische Gruß wurde geübt. Sein Ablauf begann fünf Schritte vor dem zu grüßenden Offizier, Blickrichtung zu diesem, gleichzeitig den rechten Arm gehoben und angewinkelt, so daß die gestreckten Fingerspitzen den Mützenrand berührten. Der Gruß war beendet drei Schritte hinter dem zu grüßenden Offizier. Die alte Haltung wurde wieder eingenommen.

Nach sechs Wochen Rekrutenzeit gab es den ersten Ausgang. Davor wurden noch einmal der Gruß geübt und die Fingernägel auf Sauberkeit geprüft. Wir durften nur in Gruppen zu fünf Mann ausgehen, aus Sicherheitsgründen.

Reserveoffiziersbewerberlehrgang bei Stettin

Nach Beendigung der Rekrutenausbildung in Graudenz wurde ich anschließend zu einem Offiziersbewerberlehrgang beim Pionier-Bataillon 2 in Podejuch bei Stettin abkommandiert. Wir waren in zwei Gruppen gegliedert und in zwei getrennten Stuben untergebracht. Gruppe 1 bestand aus 18- bis 20-Jährigen, meist Abiturienten, mit dem Berufsziel, die aktive Offizierslaufbahn einzuschlagen. In Gruppe 2, der ich angehörte, waren 25- bis 35-jährige, alle hatten bereits einen Beruf ausgeübt, sie strebten einen Reserveoffiziersdienstgrad an. Nach Absolvierung dieses Lehrganges war ein Frontbewährungseinsatz von einem halben Jahr vorgesehen, dem sich dann der Besuch der Pionierkriegsschule 1 in Dessau-Roßlau anschloß.

In Podejuch wurden das pioniertechnische Wissen erweitert und Härtetests durchgeführt, die eine hohe persönliche Belastbarkeit voraussetzten. Nachstehend einige Episoden:

Zur Ausbildung gehörte auch ein mehrtägiger Einsatz als Wachposten am Eingangstor zum Kasernengelände. Nur derjenige durfte passieren, der die gültige Tagesparole nannte. Ich stand als Posten am Tor, da stürmte ein Offizier eiligen Schrittes, ohne die Parole zu nennen, hindurch. Das ging zu weit. Ich rief: ›Stehen bleiben oder ich schieße!‹ Erst nach der zweiten Aufforderung reagierte er, kam zurück, nannte die Parole und durfte passieren. Beim nächsten Unterricht klärte uns der Fähnrichsvater auf, ohne dabei meinen Namen zu nennen: Jeder zum Bataillon gehörende Offizier dürfe das Kasernentor ohne Parolennennung passieren.

Wer hat den vollen Mülleimer in den Schrank gestellt? Den Ablauf der nachstehenden Episode sollte man mit Humor betrachten. Das Ende zeigt eine eher unwürdige Haltung der ›Täter‹, die jedoch erst 18 Jahre alt waren.

Es war an einem Wochenende. Vor der Ausgangserlaubnis stand der übliche Stubendurchgang. In den

Spinden lagen unsere Sachen gut eingeordnet. Alles war okay. Zum Schluß ließ der Fähnrichsvater in der Stube der jungen Offiziersanwärter den Gerätespind öffnen und entdeckte dort einen vollen Mülleimer. ›Wer hat den da hineingestellt?‹ Keine Antwort. Ausgang für alle gesperrt. Der Nachmittag begann, wir dachten schon, die Sperre wird aufgehoben. Fehlanzeige. Stubendurchgang auf dem Kasernenhof! Wir wuchteten die schweren Spinde die zwei Geschosse hinunter, stellten sie maßgerecht im Freien auf. Leise rieselte der Schnee. Es erfolgte der Stubendurchgang. ›Wer hat den Mülleimer in den Schrank gestellt?‹ Keine Antwort. Stubendurchgang beendet. Die Spinde kamen zurück in das Gebäude. Schwerstarbeit. Wir dachten: Jetzt ist die Angelegenheit erledigt. Nochmals Fehlanzeige. Befehl: ›Heraustreten zum Exerzieren!‹

Es hatte aufgehört zu schneien, der Mond schien. Zwei Stunden lang wurde exerziert mit allem Komfort. Achtungsschritt, Paradeschritt, Gasmaske auf usw. Danach waren wir vollkommen erledigt. ›Wer hat den Mülleimer dort hineingestellt?‹ Die jungen Offiziersanwärter beschuldigten sich gegenseitig der Tat und boten ein beschämendes Bild.

Viel sagte der Fähnrichsvater nicht: ›Sie sind unwürdig, Offiziere zu werden, ich werde den Bataillonskommandeur bitten, mich von meiner Aufgabe zu entbinden.‹

Drei Tage schmorten wir in Ungewissheit. Dann kam der Befehl zum Antreten auf dem Hof. Der Fähnrichsvater erklärte lapidar: ›Ich bin der Bitte des

Bataillonskommandeurs nachgekommen, den Lehrgang bis zum Ende zu leiten. Weggetreten!‹

Eine typische Übung war der Härtetest. Er bestand darin, daß wir einen dreitägigen Marsch von circa 140 Kilometern Länge teilweise mit Gepäck zurücklegten, einbezogen waren gelegentliche Aufmunterungen: ›Panzer von vorn, Tiefflieger von rechts, volle Deckung!‹ Geschlafen wurde im Freien. Die Nächte waren kühl. Ein pferdebespannter Gepäckwagen begleitete uns. Ein Kamerad hatte sich beide Füße wund gelaufen und nahm ohne Genehmigung des Fähnrichsvaters auf dem Wagen Platz. Dies wurde entdeckt. Sein Ausschluß aus dem Lehrgang war die Folge.

Beliebt war auch der Ringkampf – erschwert durch eine Entwicklung, die keiner von uns voraussehen konnte, denn nach einiger Zeit erhielt nur noch der Sieger Ausgang. Das kam so: Der Sonnabendvormittag war dem Sport gewidmet. Es wurde gelaufen, am Hochreck geturnt: Riesenwelle, Kniewelle, Grätsche. Die letzten zwei Stunden wurde gerungen. Jeder von uns hatte nun für den freien Nachmittag eine Verabredung, meist mit einer Freundin in Stettin. Also schonte man sich, traf Absprachen mit dem Gegner und ließ ihn siegen. Es wurden ›Schaukämpfe‹ abgeliefert. Dies galt vor allem für die älteren ROB-Lehrgangsteilnehmer. Gelegentlich war der Scheinkampf allerdings zu offensichtlich. Der Fähnrichsvater sah sich dies einige Zeit gelassen an, dann entschied er: Nur der Sieger erhält Ausgang. Als Folge wurde nun hart gekämpft. Keiner wollte in der Kaserne bleiben.

Auch das Sturmbootfahren auf der Reglitz gehörte zur Ausbildung. Wir besaßen acht Sturmboote. Sie wurden durch einen am Heck montierten Außenbordmotor angetrieben. Das Anlassen erfolgte von Hand mit einer Kurbel. Im Boot hatten sechs Kameraden Platz, dazu noch der Steuermann. Dieser stand am Heck, blickte geradeaus, das Ziel im Auge und steuerte mit dem Motor. Zunächst fuhren wir kreuz und quer auf dem Fluß und lieferten uns Rennen. Angelegt wurde wie folgt: Das Boot fuhr gegen den Strom Richtung Ufer. Vor dem Aussetzen wurde der Außenbordmotor nach vorn gekippt, so daß die Schraube aus dem Wasser kam. Durch den plötzlich eintretenden Widerstand des Ufersandes wurden die Bootsinsassen mit Schwung aus dem Boot nach vorn auf das Ufer geschleudert. Dies spielte sich weitgehend vor einem circa 100 Meter vom Ufer entfernten Werkskomplex der Glanzstoff AG in Sydowsaue ab, in welchem Textilfasern hergestellt wurden.

Einmal geschah es, daß eine Kurbel in Ufernähe ins Wasser gefallen war. Wir tauchten beinahe eine halbe Stunde lang, ohne sie zu finden. Dann gaben wir es auf und meldeten den Verlust.

Die Qualifikation für das Steuern eines Sturmbootes wurde durch eine umfassende Prüfung erlangt. Wer sie bestanden hatte, war verpflichtet, das Sturmbootabzeichen, einen auf Stoff gestickten Anker, am linken Uniformärmel zu tragen, auch dann, wenn er einen Offiziersrang innehatte.

Fronteinsatz bei Mogilëv

Dann mußte ich an die Front. Das Einsatzgebiet lag im Mittelabschnitt der Ostfront im Gebiet von Mogilëv in Weißrußland am oberen Dnjepr.

Unsere Stellung verlief im Bereich von Chavusy. Der gegnerische Schützengraben lag 50 Meter von dem unsrigen entfernt. Wir hatten zur Abwehr eines russischen Angriffs eine Vielzahl von Landminen eingegraben und getarnt. Die Anlage war erheblich gestört. Meine Aufgabe war es, sie wieder funktionsfähig zu machen. Im Morgengrauen kroch ich flach wie eine Flunder von Mine zu Mine und prüfte die Zünder und die Zündschnurverbindungen. Ich war gerade damit fertig, als der Gegner mich bemerkte. Ein Feuerzauber setzte ein. Ich erreichte unverletzt den Graben und schmiegte mich in ein vorbereitetes Mannloch, eine Einbuchtung auf der zum Gegner hin gelegenen Grabenseite. Ich hatte meine Aufgabe gelöst.

Danach war ich als Pendelposten zwischen zwei einen Kilometer auseinanderliegenden Maschinengewehrstellungen eingesetzt. Versuche der russsischen Verbände, hier einzudringen, konnten abgewehrt werden.

Zur Vorbereitung eines Rückzugs sollte ich die im

Bataillonsbereich liegenden wichtigen Knotenpunkte, zum Beispiel Brücken, kennzeichnen, damit hier später Sprengladungen angebracht werden konnten. Für diese Aufgabe wurden mir ein Feldwebel und ein Gefreiter unterstellt. Wir waren auf Pferden unterwegs. Nach einiger Zeit wurden wir von russischen Partisanen unter Feuer genommen, zum Glück jedoch nicht getroffen. Es gelang uns, die Angriffe abzuwehren und unsere Aufgabe zu erfüllen.

Nach einigen Wochen wurde mein Fronteinsatz abrupt unterbrochen. Als wir wieder einmal von der feindlichen Artillerie unter Beschuß genommen wurden und deren Granaten auf den Rand unseres Schützengrabens aufschlugen, wurde ich von einer Anzahl Granatsplitter getroffen und erheblich verwundet. Ein Kamerad brachte mich zum Feldverbandsplatz. Hier entfernte man einen großen Splitter aus meinem linken Oberarm. Die Narbe sollte mir später bei der Entlassung aus russischer Kriegsgefangenschaft noch viel Ärger bereiten.

Ich kam zur Genesenden-Kompanie nach Mogilёv und erhielt dort meine Beförderung zum ROB-Unteroffizier. Einmal nahm ich an einem Gottesdienst in der russisch-orthodoxen Kirche teil. Die nicht zu beschreibende überreiche Ausstattung, die prachtvollen Ikonen, die Gebete und Gesänge beeindruckten mich sehr.

Als Folge des Zusammenbruchs der Front im Mittelabschnitt kam ich wieder nach Graudenz, wo ich meine Rekrutenzeit verbracht hatte. Ich lernte hier Leutnant

Wend kennen, der ebenfalls Genesungsurlaub hatte. Wir freundeten uns an und unterhielten uns unter anderem über Literatur, vor allem über die Werke Goethes. Eines Tages unternahmen wir einen Spaziergang entlang der Weichsel, es dämmerte bereits, tiefe Stille umgab uns. Er zitierte andächtig:

Über allen Gipfeln
ist Ruh, in allen Wipfeln
spürest du kaum einen Hauch;
die Vögelein schweigen im Walde,
warte nur, balde
ruhest du auch.

Er sprach dies in Todesahnung, er spürte wohl, daß er bald fallen würde.

Ich wurde zu einem Kommando befohlen, dessen Aufgabe es war, das Gebiet um Graudenz auf einen russischen Angriff vorzubereiten. Vertreten waren die Waffengattungen Artillerie, Infanterie und Pioniere.

Die verschiedenen in Frage kommenden Angriffsmöglichkeiten der russischen Armee wurden erwogen und die dazu geeigneten Verteidigungsmaßnahmen festgelegt. Arbeitskräfte aus dem Ort hoben Schützengräben aus.

Als später die russischen Streitkräfte vorrückten, bot ihnen Graudenz lange Zeit erfolgreich Widerstand und sie umgingen es schließlich.

Offizierslehrgang in Dessau und Regensburg

Meine Frontbewährungszeit ging zu Ende. Mitte 1944 nahm ich an dem 17. Fahnenjunkerlehrgang, Inspektion ›Prinz Eugen‹, in Dessau-Roßlau teil.

Unsere auf gehobener Ebene fortgesetzte Ausbildung umfaßte hier auch Strategie und Taktik. Wir lernten die Berechnung von Sprengladungen und ihren Wirkungsgrad. Zweimal in der Woche hatten wir Nachtübungen, die ein Lehrgangsteilnehmer leitete. Nach Abschluß des Lehrgangs wurde ich zum Oberfähnrich ernannt. Rückwirkend zum 1. Dezember erhielt ich 1944 den Dienstgrad Leutnant der Reserve (s. Abb. 4). Unmittelbar nach dem Besuch der Pionierschule 1 kam ich auf einen Lehrgang für schwere Waffen zur Pionierschule 3 nach Regensburg. Hier bauten wir im Rahmen der für Pioniere üblichen Dienste eine Ponton-Anlegebrücke an der Donau. Zum Üben des Einsatzes von schweren Maschinengewehren und Granatwerfern ging es oft bergan. Wir schwitzten und keuchten unter der Last der Waffen, besonders die Träger der schweren Bodenplatten der Granatwerfer litten unter ihrer Last. Am Wege befand sich ein Lager für englische Kriegsgefangene. Wenn wir hier vorbeizogen, standen gewöhnlich einige gepflegt aussehende, gut gekleidete britische Offiziere mit ihren Ordonanzen am Lagerzaun. Sie schauten mit unbeweglichem Gesichtsausdruck über uns hinweg.

BUNDESARCHIV

Zentralnachweisstelle

51 Aachen, den   29.6.1973
Kornelimünster

Az.: IV A/73

Bei Rückfragen ist diese
Bescheinigung beizufügen

Bundesarchiv Zentralnachweisstelle 51 Aachen
Kornelimünster

Herrn

Gerhart Fischer

Vers.Ältester d. B f A

5100 A a c h e n
Postfach 512

Auf Ihre Anfrage vom   14.6.1973   Az.:   ./.   wird Ihnen nachstehende

Dienstzeitbescheinigung

erteilt:

Herr   Walter B e r g e r   geb. am   17.6.1916

1) Dienstzeiten in der alten Armee   vom   ./.   bis   ./.
                                       sind nicht verzeichnet

2) Dienstzeiten im Reichsarbeitsdienst vom keine Eintragungen bis
                                       sind nicht verzeichnet

3) Dienstzeiten in der Reichswehr und der Wehrmacht:

vom	bis	Grund s. unten *)	Bemerkungen
Diensteintritt nicht nachweisbar.			
26.2.1945	-	c/f	mit Wirkung vom 1.12.1944
			Beförderung zum Leutnant d.Res.
			Fr.Tr.Teil: Pi.Btl. 12;
			- - - -

Über die Entlassung des o. G. aus der Wehrmacht bzw. Kriegsgefangenschaft siehe Formblatt D 2 (im Besitze des ehem. Wehrmachtangehörigen).

Vorstehende Angaben stimmen mit Wehrstammbuch d. OKH-Karteikarte   überein.

*) a -- aktive Dienstpflicht
   b -- freiwillige Dienstverpflichtung
   c -- Kriegsdienst
   d -- kurzfristige Ausbildung
   e -- Übung im Beurlaubtenstand
   f -- letzte Meldung

Auf Anordnung:

Gülbinat

Entgelt: ./. DM
entgeltfrei

Diese Bescheinigung enthält lediglich den von Ihnen geforderten Nachweis. Weitergehende Daten zur Dienstlaufbahn (Musterungsbefunde, Zugehörigkeit zu Einheiten, Beförderungen und Ernennungen, mitgemachte Gefechte, besondere Ausbildung, Auszeichnungen, Verwundungen und Erkrankungen) werden zur Einsparung von umfangreicher Schreibarbeit in Dienstzeitbescheinigungen grundsätzlich nicht aufgenommen, sondern müssen bei Bedarf besonders angefordert werden.

Abb. 4: zum Zeitpunkt des Diensteintritts vgl. Abb. 2

48

Das zerstörte Dresden

Nach Lehrgangsende an der Pionierschule 3 in Regensburg wurde ich zur Führerreserve Ost bei Potsdam befohlen. Ich fuhr über Dresden, das eine Woche zuvor von der englischen und amerikanischen Luftwaffe in vorher nicht gekanntem Ausmaß bombardiert worden war. Ich wollte als gebürtiger Dresdner, der hier seine Schul- und einen großen Teil seiner Ausbildungszeit verbracht und mit seiner Heimat bis 1939 stets in enger Verbindung gestanden hatte, wissen, wie die Stadt nach den Angriffen aussah, ob meine Angehörigen noch lebten und wie es ihnen gehe.

Am 13. und 14. Februar 1945 flogen Einheiten der Royal Air Force (RAF) Dresden in zwei schweren Nachtangriffen an. Am Tage bombardierten US-Verbände die Stadt, die zu 50 Prozent vernichtet wurde. Dabei wurden alle weltbekannten kulturhistorischen Bauwerke ganz oder teilweise zerstört. Bei diesen Angriffen starben nach neuesten Erkenntnissen etwa 30 000 Menschen.

Blicken wir zurück in die Geschichte der ehemaligen Residenzstadt bis zur Zeit des Kurfürsten von Sachsen, Friedrich August I., des Starken, der von 1694–1733 das Land regierte. Er war protestantischen Glaubens, wie auch seine Untertanen. 1697 konvertierte er zum Katholizismus und erfüllte damit die Bedingung der Polen, ihr König zu werden. Damit erhielt er den zusätzlichen Titel ›König Friedrich August II.‹. Sein Sohn, der

1733-1763 regierte, erhielt ebenfalls zwei Titel: Kurfürst Friedrich August II. von Sachsen und König Friedrich August III. von Polen. Dresden entwickelte sich unter ihrer Herrschaft zu einer wunderschönen Barockstadt, ›Elbflorenz‹ genannt. Unter anderem wurde der Zwinger erbaut, die Brühlsche Terrasse errichtet, das ›Grüne Gewölbe‹ mit seiner Kunstsammlung erstellt. 1726 begann man mit dem Bau der Frauenkirche. Den Auftrag erhielt der aus Fürstenwalde im Erzgebirge stammende Baumeister George Baehr. Er hatte zuvor schon mehrere sächsische Barockkirchen errichtet. Die Frauenkirche war sein letztes großes Werk.

Wie bereits erwähnt, unterbrach ich meine Fahrt nach Potsdam mit einem Besuch Dresdens und war erschüttert über das Ausmaß der Zerstörungen, welches sich mir bot. Die Innenstadt war zerbombt und ausgebrannt. Vom Hauptbahnhof konnte man durch die Prager Straße bis zum Altmarkt blicken. Die Semperoper war weitgehend zerstört, der Zwinger stark beschädigt.

Der gesamte Komplex der ›Ehrlichen Gestiftschule‹ einschließlich des Internats und der architektonisch sehr schönen Kirche lag in Trümmern. Mein ältester Bruder, meine älteste Schwester und ich hatten es besucht. In der Kirchenvorhalle war eine Gedenktafel angebracht mit acht Namen der im Ersten Weltkrieg gefallenen ehemaligen Schüler, darunter auch der meines Bruders.

Die Schule war 1936 zu einer ›Deutschen Oberschule‹ für Jungen umstrukturiert worden, verbunden mit Internatspflicht, jedoch Freigang von Samstagmittag bis Sonntagabend, natürlich auch während der Ferien. Einer meiner Neffen gehörte zu den ersten Schülern, 1943 hatte er dort das Abitur bestanden. Er war danach zur Ausheilung einer Krankheit vom Wehrdienst beurlaubt worden und hatte in dieser Zeit ein Studium als Vermessungsingenieur an der Technischen Hochschule in Dresden begonnen. Die TH wurde jedoch im Herbst 1944 geschlossen und die Studenten als Hilfsarbeiter eingesetzt.

Mein Neffe berichtete folgendes: ›Den furchtbaren Luftangriff auf Dresden am 13. Februar 1945 erlebte ich im Luftschutzkeller unseres Hauses in Dresden-Strehlen. Wie schon seit Jahren nahmen wir die heulenden Sirenen nicht ernst. Kaum einer suchte zunächst den Luftschutzkeller auf. Im Herbst 1944 waren ein paar Bomben auf den Westen Dresdens gefallen. Es hatte sich die Meinung gebildet, Dresden bleibe wegen seiner herausragenden Kulturgüter verschont. So wurde auch diesmal der Fliegeralarm am 13. Februar 1945 nicht beachtet, Menschen standen auf der Straße vor den Häusern, sahen zum Himmel und unterhielten sich. Schon des öfteren hatte man Flugzeugstaffeln hoch über Dresden fliegen sehen, die dann aber über einer anderen Stadt ihre todbringenden Bomben abwarfen. Aber irgendwie war es an diesem Abend anders. Die

Entwarnung, auf die wir alle warteten, blieb aus. Dafür hörte man in der Ferne ein mächtiges Donnern. Es dauerte nicht lange und die ersten Detonationen und Flammen waren hörbar und sichtbar. Nun verzogen wir uns doch in den Luftschutzkeller. Bald fiel der Strom aus. Wir saßen im Dunkeln und bekamen Angst. So etwas hatten wir noch nicht erlebt. Mehrmals klang es so, als sei ein Bombeneinschlag ganz in der Nähe erfolgt. Der Luftdruck und die damit verbundenen Erschütterungen waren so gewaltig, daß im Vorkeller ein Regal mit eingeweckten Obstgläsern umkippte.

Die erste Angriffswelle dauerte ungefähr bis kurz vor Mitternacht. Wir waren noch gar nicht lange aus dem Luftschutzkeller heraus, da krachte es erneut. Diese Angriffswelle am frühen Morgen des 14. Februar 1945 war nicht so intensiv, aber sie traf tausende herumirrende Menschen, deren Häuser zerstört waren. Die dritte Welle rückte heran. Im Tiefflug machten die Piloten Jagd auf Menschen, die sich aus der brennenden Stadt in den ›Großen Garten‹ oder an die Ufer der Elbe geflüchtet hatten. Es war grausam.

Wie furchtbar dieser Terrorangriff war, belegen auch die Schilderungen meiner Frau, die zu dieser Zeit in Hirschberg im Sudetenland lebte. Sie wurde zu Kriegsende mit ihren Angehörigen aus ihrer Heimat vertrieben und siedelte sich bei Dresden an. In Hirschberg sah man am Horizont einen riesigen roten Lichtstreifen, der sich über dem brennenden Dresden abzeichnete.

Dresden und Hirschberg liegen circa 100 Kilometer Luftlinie auseinander!

Die gesamte Innenstadt Dresdens mit einer Fläche von etwa 12 Quadratkilometer war total zerstört. Nur wenige einzelne Gebäude waren stehengeblieben. Ferner waren in den Vororten viele hundert Häuser getroffen und vernichtet worden. In diesen Tagen hielten sich tausende Flüchtlinge aus Schlesien in der Stadt auf, insbesondere auf den Bahnhöfen. Man hatte die Toten in langen Reihen davor gelegt. Ich habe mir dieses grauenvolle Bild etliche Tage danach ansehen können. Auf dem Altmarkt hat man später mehrere tausend Menschen verbrannt.‹

Soweit die Schilderung meines Neffen, die er mir später in einem Brief mitteilte. Während meines Besuchs in Dresden hatte ich ihn nicht erreicht.

Die Gedenkgräber der Opfer befinden sich heute auf dem Heidefriedhof außerhalb Dresdens, dem ›Wilden Mann‹.

Auf den Trümmern der Häuser befanden sich oft Hinweisschilder. So konnte ich in Erfahrung bringen, daß sich eine meiner Schwestern mit ihren beiden Töchtern in der Nähe von Dippoldiswalde bei Dresden aufhielt. Ich organisierte mir ein klappriges Fahrrad und fuhr dort hin. Die Wiedersehensfreude war groß. Sie hatten alles verloren, waren jedoch bei einer Lehrerfamilie gut untergebracht. Eine ihrer Töchter hatte einige Zeit vor dem Angriff am Pädagogischen Institut von Dresden ihr Lehrerexamen abgelegt und unterstützte den dortigen Lehrer, der durch die Vielzahl der evakuierten Kinder überlastet war, beim Unterrichten.

Als Nachsatz zu dieser ohne jede militärische Notwendigkeit völlig sinnlos erfolgten Bombardierung von Dresden möchte ich ein Zitat von Gerhart Hauptmann anfügen, der die Angriffe von seinem Anwesen in den Weinbergen bei Radebeul nahe Dresden miterlebt hatte. Er schrieb damals sinngemäß: ›Wer jemals das Weinen verlernt hat, wird es bei den Angriffen auf Dresden wieder gelernt haben.‹

Man muß anerkennen, daß die Regierung der damaligen DDR ihr Möglichstes für den Wiederaufbau der Stadt getan hat. Ihr wirtschaftlicher Spielraum war jedoch begrenzt. Es galt zunächst einmal, das total zerstörte Stadtzentrum von Trümmern zu befreien, dann mußten Krankenhäuser, Schulen und wichtige kommunale Gebäude errichtet und Straßen instandgesetzt werden. Danach erst konnte an den Aufbau der zerstörten Barockbauten herangegangen werden. Dazu gehörte viel Einfühlungsvermögen. Es ging um den Zwinger, die Semperoper, die Sempergalerie, das gesamte Schloß, dessen Aufbau heute noch nicht abgeschlossen ist, die katholische Hofkirche, die Brühlsche Terrasse und viele kleinere barocke Kostbarkeiten. Die Frauenkirche, deren Trümmerhaufen für alle

Zeit eine Mahnung an diese Schreckenstat bleiben sollte, entsteht derzeit wieder neu als Symbol der Wiedervereinigung. Nach abgeschlossenem Wiederaufbau soll am 30.10.2005 die Weihe dieses größten protestantischen Kirchenbaus nördlich der Alpen stattfinden.

Drei Tage verbrachte ich 1945 in Dresden und hatte damit den Befehl, mich sofort nach Potsdam zu begeben, mißachtet. Ich setzte mich in den Zug und fiel bei Berlin prompt einer Offiziersstreife in die Hände. Ein Major machte mich fünf Minuten lang zur Schnecke. Dann sagte er: ›Fahren Sie nicht durch Berlin, da fallen Sie mindestens noch zwei Kontrollen in die Hände, fahren Sie folgende Strecke.‹ Diese erläuterte er mir. Ich bedankte mich für seinen Rat und befolgte ihn.

Potsdam: Führerreserve Ost

Der Kasernenbereich für die Offiziere der Führerreserve Ost lag am Stadtrand von Potsdam. Als ich mich meldete, wurde meine durch die dreitägige Fahrtunterbrechung in Dresden verspätete Ankunft nicht beanstandet. Dienst hatten wir nach dem vorgeschriebenen morgendlichen Antreten kaum, sondern überwiegend Freizeit. Wir sollten den Krieg vergessen und uns entspannen. Dies gehörte zur psychologischen Vorbereitung auf den nächsten Kampfeinsatz. Wir schlenderten durch das unzerstörte Potsdam und besuchten das Schloß ›Sanssouci‹ (Sorgenfrei), erbaut nach den Entwürfen Friedrichs des Großen in der Zeit von 1745–1747, der es zu seinem Lieblingswohnsitz machte. Meist landeten wir nach einem ausgedehnten Bummel durch die Stadt im Café ›Zerbst‹ und flirteten ein wenig mit den hübschen Französinnen, die dort bedienten und uns gegen eine 10-g-Fettmarke mit einem Stück Kuchen und einer Tasse Kaffee erfreuten, einer angenehmen Abwechslung zu der einfachen und knappen Verpflegung in der Kaserne. Von der Garnisonskirche ertönte bei jeder halben Stunde die Melodie ›Üb immer Treu und Redlichkeit‹, nach jeder vollen Stunde erklang der Anfang des Chorals ›Großer Gott wir loben Dich‹. Wir unterhielten uns über Gott und die Welt, zumeist jedoch endeten die Gespräche mit Diskussionen und Einschätzungen über den nächsten bevorstehenden Fronteinsatz.

Ende März 1945 war es dann soweit. Es ging nach Swinemünde und von dort nach Pillau in Ostpreußen.

Das Ende des Pionierbataillons 89

Die deutsche Besatzung von Königsberg kapitulierte am 9. April 1945. Die Armee der UdSSR konnte mit ihren dadurch freigewordenen Streitkräften über die Halbinsel Peise den Ostseehafen Pillau angreifen und nahm diesen am 16. April 1945 in ihren Besitz. Pillau war das Ziel eines großen Teils des vor allem über das ostpreußische Samland kommenden Flüchtlingsstromes, der von hier nach dem circa 400 Kilometer Seeweg entfernten Swinemünde eingeschifft wurde. Der Ansturm auf diese Schiffe war so groß, daß Tausende Menschen zurückbleiben mußten. Im Zusammenhang mit diesem Geschehen sei an die Versenkung der ›Wilhelm Gustloff‹ im Januar 1945 erinnert.

Dieses Schiff, welches ursprünglich als Kreuzfahrtschiff der NS-Urlaubsorganisation ›Kraft durch Freude‹ genutzt worden war, sollte nach dem Durchbruch der Roten Armee an der Ostfront mehrheitlich Flüchtlinge, aus Ostpreußen ins westliche Deutschland evakuieren. Am 30. Januar 1945 legte die ›Wilhelm Gustloff‹ in Gdingen ab. Noch am Abend des selben Tages wurde das Schiff von drei Torpedos des sowjetischen U-Bootes S 13 getroffen und versank in weniger als einer Stunde. Ihre Versenkung gilt mit über 9000 Opfern als eine der größten Katastrophen der Seefahrtsgeschichte.

Ich selbst war auf dem norwegischen Frachtschiff ›Vale‹ zusammen mit circa 40 Offizieren und einigen hundert Mannschaften von Swinemünde nach Pillau gekommen.

Die Seefahrt verlief im wesentlichen ruhig. Einige feindliche Flugzeugangriffe konnten durch unsere Schiffsflak abgewehrt werden. In Höhe der Halbinsel Hela wurden wir von polnischer Küstenartillerie unter Beschuß genommen, ihre Geschosse erreichten uns jedoch nicht, da unser Schiff außerhalb ihrer Reichweite fuhr.

In Pillau angekommen meldeten wir uns sofort bei

der Kommandantur. Im Vorraum des Gebäudes war ein Offizier in Uniform, hoch dekoriert, tot aufgebahrt. Ein seltsamer Empfang. Wir erhielten Quartiere in verlassenen Privatwohnungen zugeteilt. Zwei Kameraden und ich kamen in einer Zahnarztpraxis unter. Die Verpflegung empfingen wir in einer nahe gelegenen Feldküche.

Es folgten einige ruhige Tage. Die russischen Verbände waren noch durch Königsberg gebunden. Zu dritt unternahmen wir einen Ausflug entlang des Ostseestrandes in Richtung Palmnicken, einem Ostseebad. Wir kamen in eine Landschaft, die wie im tiefsten Frieden ruhte. Eine große Stille umgab uns, die See lag spiegelglatt, die Sonne schien gleißend. Wir sammelten Bernsteinstücke, die im Ufersand lagen. Im Gespräch über die wenig erfreuliche militärische Lage und unsere eigene Situation erreichten wir ein einzelnes Gehöft und wurden dort zum Essen eingeladen. Ein Bauunternehmer aus Palmnicken war mit Pferd und Wagen hier bei Verwandten angekommen, um nach Pillau weiterzufahren. Er berichtete von seinem Sohn, der Offizier sei und von dem er seit zwei Monaten nichts mehr gehört habe. Diese Information sollte einmal Bedeutung erlangen, denn zwei Jahre später lernte ich ihn zufällig in russischer Kriegsgefangenschaft kennen und konnte ihm von seinen Eltern berichten.

Am nächsten Tag hatte uns der Krieg wieder eingeholt. Wir wurden zu einem freien Platz bei Pillau befohlen. Ein

PKW raste heran. Bei laufendem Motor verlas ein Offizier hektisch und in großer Eile unseren Einsatzbefehl. Er hatte dies kaum getan, da setzte er sich auch schon wieder von uns ab. Mir wurden die dritte Kompanie des Panzer-Pionierbataillons 89 und ein Stabszahlmeister unterstellt. Wir bezogen auf der Halbinsel Peise Stellung, bauten sie so schnell wie möglich aus, hoben Gräben aus und legten Schußbereiche fest. Königsberg hatte kapituliert, höchste Eile war geboten. Der Gegner griff mit großer Übermacht an Soldaten und Material an, seine Luftwaffe bombardierte unsere Stellungen, seine Panzer stießen vor. Wir verfügten weder über Flugzeuge noch über Panzer und empfanden uns als wehrlos.

Unsere aussichtslose Lage wird durch folgenden Vorfall deutlich: Nach einer Zugführerbesprechung über den weiteren Einsatz in meinem Gefechtsstand, stieß ein Oberfeldwebel erregt aus: ›Ich bin von Anfang an beim Bataillon, war schon bei der Reichswehr Soldat. Jetzt sitzen wir hier wie die Maus in der Falle.‹ Sprach es, riß seine Ordensspange vom Rock, warf sie auf den Boden, hob seinen rechten Fuß …, da war ich bereits aus der Tür. Ich durfte diese Handlung nicht zur Kenntnis nehmen.

Eine Begegnung am Tage unserer Gefangennahme ist mir noch in Erinnerung. Die Erde war aufgeweicht und matschig und ich wollte mir während einer Feuerpause rasch Stiefel statt der Schnürschuhe anziehen. Durch das Fenster im Gefechtsstand sah ich einen mir nicht bekannten Stabsfeldwebel vorbeikommen. Er

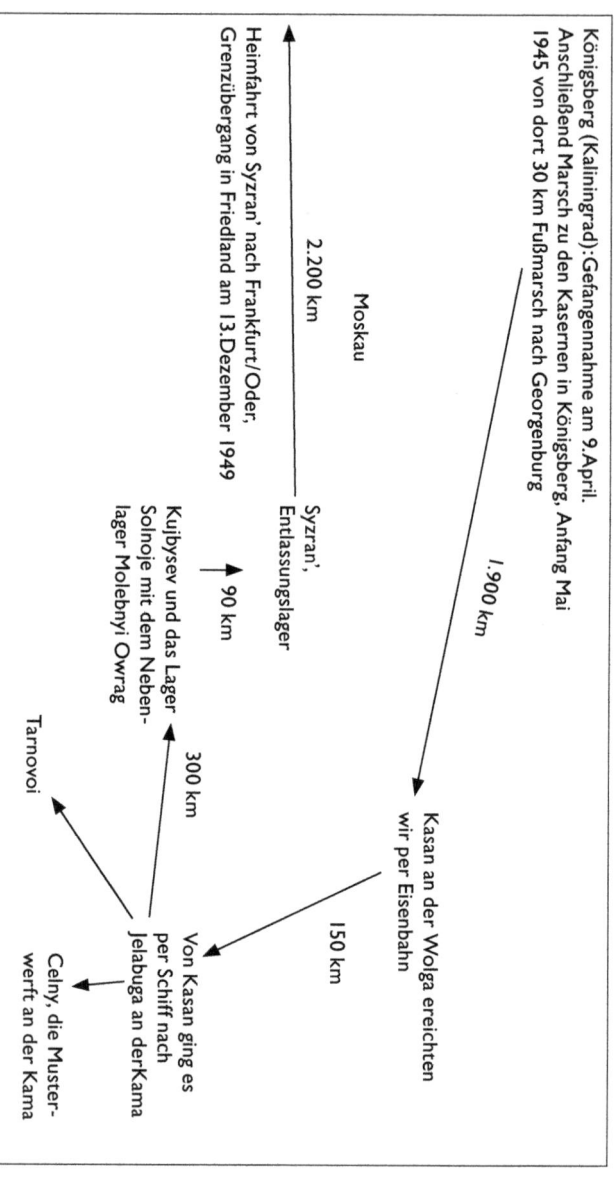

Königsberg (Kaliningrad):Gefangennahme am 9.April.
Anschließend Marsch zu den Kasernen in Königsberg, Anfang Mai
1945 von dort 30 km Fußmarsch nach Georgenburg

Heimfahrt von Syzran' nach Frankfurt/Oder,
Grenzübergang in Friedland am 13.Dezember 1949

2.200 km

Moskau

Syzran',
Entlassungslager

90 km

Kujbysev und das Lager
Solnoje mit dem Neben-
lager Molebnyi Owrag

300 km

1.900 km

Tarnovoi

Kasan an der Wolga erreichten
wir per Eisenbahn

Von Kasan ging es
per Schiff nach
Jelabuga an der Kama

150 km

Celny, die Muster-
werft an der Kama

Abb. 5: Die Stationen meiner Kriegsgefangenschaft
Cirka-Entfernungen in Luftlinie-Kilometerm

60

schob ein Fahrrad, ich wußte nicht, wo er herkam. Er stieß die Tür auf, sah mich mit den Stiefeln in der Hand, die Schnürschuhe daneben auf dem Boden liegen und sagte: ›Herr Leutnant, ziehen Sie keine Stiefel an, tun Sie das nicht, auf keinen Fall!‹ und schon war er verschwunden. Dieser Vorfall beeindruckte mich so sehr, daß ich die Stiefel zur Seite legte und die Schnürschuhe wieder anzog. Noch am selben Tag sollte ich erfahren, wie richtig diese Entscheidung gewesen war.

Bei der Rücknahme unserer Stellung mußten wir freies Gelände passieren, in das der Gegner einblicken konnte. Durch feindliches Granatfeuer wurde ein Soldat meiner Kompanie im Kieferbereich schwer verletzt. Die Wunde blutete stark, sie mußte sofort behandelt werden. Ein Sanitätsdienstgrad und ich versorgten den Mann so gut es ging. Es ist für mich noch heute ein unbeschreibliches Wunder, daß wir bei der Vielzahl der Granateinschläge um uns herum bis auf diesen einen verletzten Kameraden unverletzt geblieben waren.

Nach unserer, einige Stunden später erfolgten Kapitulation bat ich einen russischen Offizier, sich des Verwundeten anzunehmen. Er tat dies auch.

Der Gegner hatte sicherlich eine besser fundierte Verteidigungssituation erwartet. Wir bildeten für seinen Vormarsch nach Pillau keinerlei Hindernis.

Kapitulation und der Gang
in die Gefangenschaft

Wir waren tief enttäuscht und betroffen darüber, daß man uns in diese aussichtslose Situation gebracht hatte. Um weitere sinnlose Verluste zu vermeiden, streckten wir die Waffen. Die Soldbücher wurden ausgegeben, Schriftstücke verbrannt. Vor uns lag der Weg in die russische Gefangenschaft, in völliger Ungewissheit, wie er enden würde. Als jüngster und lediger Offizier sollte ich als Erster aus dem Bunker heraustreten. Ich tat dies mit abgenommenem Stahlhelm, geöffnetem Koppel und erhobenen Händen, den Blick fest auf den anrückenden Feind gerichtet. Ich war nicht aufgeregt, sondern innerlich ganz ruhig.

Die Russen kamen strahlenförmig in zwei Reihen in raschem Marschtempo auf uns zu, ihre Kalaschnikows im Anschlag, einige ungezielte Schüsse auf uns abfeuernd. Man führte uns zu einem freien Platz. Als erstes wurden diejenigen, die Stiefel trugen, zu Boden geworfen und ihrer Stiefel beraubt. Dem mir unterstellten Stabszahlmeister zogen sie nicht nur die Stiefel aus, sondern rissen ihm auch den vollgepackten Tornister von seinem Rücken. Ich hatte meinen auf dem Gepäckwagen der Kompanie belassen. Natürlich war auch dieser verloren. Jedoch kam ich bei der ›Filzerei‹ durch die russischen Soldaten noch glimpflich davon. Ich hatte nur einen abgetragenen Brotbeutel mit Wasch- und Rasierzeug bei mir, daneben noch etwas Schokolade und einige kleine Dosen Ölsardinen, die ich in Pillau erworben und mit eingepackt hatte, ein wertvolles Gut bei der gegebenen Situation. Dies traf auch für meine stabilen Wehrmachts-Schnürschuhe zu, die ich an Stelle der Stiefel trug. Sie waren für mich im kalten Monat April wie auch später in der Kriegsgefangenschaft von unschätzbarem Wert. Unsere Uhren jedoch gingen, bis auf wenige Ausnahmen, in den Besitz des Gegners über. Wenn ich daran denke, klingt mir noch heute das gellende ›Urr iest?‹ in den Ohren.

Die Frühlingssonne versank im Westen, es wurde dunkel, die Sterne gingen auf. Eine bedrückende Stille umgab uns. Sie wurde unterbrochen von gellenden Schreien, die durch die Nacht hallten. Entsetzte, vergewaltigte Frauen stießen sie aus. Hilflose Leere, Ohnmacht und Müdigkeit überfielen uns und wir schliefen fest ein.

Am nächsten Tag marschierten wir entlang des Landgrabens nach Königsberg, in breiten Gliedern, hinweg über Leichen, die mit wächsernem Gesicht am Boden lagen. Am Wege hockten gelegentlich kleine Gruppen erschöpfter Flüchtlinge. Wir kamen in das völlig zerstörte Königsberg. In der Stadt wurden wir stundenlang herumgeführt, sahen nur wenige Einwohner. Erschöpft erreichten wir endlich die Kasernen in Maraunenhof. Ein russisches Team filmte uns für die Wochenschau.

Einige Kameraden mußten sich dafür an unserer Spitze mit einer weißen Fahne postieren.

Zu den Königsberger Gefangenen gehörten auch Dozenten der Universität, darunter Ärzte und Apotheker, die man zum Volkssturm eingezogen hatte. Einige Tage später kamen Kameraden zu uns, die im Bereich von Pillau kapituliert hatten. Alles war sehr beengt. Zu dritt mußten wir uns ein Bett teilen. Mein Bettnachbar, ein Stabsarzt, hatte Geburtstag. Ich schenkte ihm einige Stücke meiner geretteten Schokolade. Er freute sich sehr und bedankte sich herzlich.

Am 9. Mai 1945 erlebten wir hier die Kapitulation Deutschlands. Sie kam in Anbetracht unseres wenige Tage zuvor ereilten eigenen Schicksals nicht unerwartet. Ein junger österreichischer Offizier rief die Nachricht morgens in unseren Raum. In uns keimte die stille Hoffnung auf eine baldige Heimkehr. Sie sollte sich jedoch bei einigen erst nach zehn Jahren, bei mir nach fast fünf Jahren erfüllen.

Kurz danach stand uns ein Marsch von über 30 Kilometern zu einer großen Reithalle in Georgenburg bei Insterburg bevor. Russische Soldaten bildeten die Nachhut. Jeder mußte durchhalten und mitkommen, keiner durfte zurückbleiben. Je näher wir dem Ziel kamen, umso schwächer wurden wir. Entbehrliche Gepäckstücke fielen auf die Straße. Sie bildeten die Spur unseres Weges. Für mich war die Strapaze noch einigermaßen zu ertragen, jedoch für die älteren Offiziere, die der Etappe angehörten, war sie eine Anstrengung, die über ihre Kräfte ging. So kam es, daß ich die letzten Kilometer auf der linken Seite einen leichtgewichtigen Geistlichen, auf der rechten einen Stabsarzt, ein Schwergewicht, stützen und mitziehen mußte.

In solcher Verfassung erreichten wir die besagte Reithalle. Darin hatte man eine große stabile Holzkonstruktion, nahezu so lang wie das Gebäude, mit mehreren Geschossen, jedes nur 1,00 bis 1,20 Meter hoch, errichtet. Um zu seinem Schlafplatz zu gelangen, mußte man an einer der senkrechten Säulen hochklettern und dann über die davor liegenden Plätze hinwegkriechen, Schlafplatzbreite cirka 0,75 Meter.

In dieser Halle kamen wir erstmalig mit vor dem nationalsozialistischen Deutschland geflohenen Landsleuten zusammen. Sie hielten sich zurück, man merkte jedoch, daß sie an Gesprächen mit uns interessiert waren. Kameraden, die mich auf diese Landsleute ansprachen, waren wie ich der Meinung, daß zumindest einige von ihnen dem Nationalkommitee Freies Deutschland angehörten. Sie bereiteten uns auf russische Verhältnisse vor und machten uns klar, daß wir im Hinblick auf die sehr schlechte Ernährungslage in der UdSSR unsere Koppel würden erheblich enger schnallen müssen. Ich glaube, die meisten von uns beachteten diese Ausführungen kaum. Sie sollten sich jedoch bitter bewahrheiten.

Wir hatten zumindest ein Dach über dem Kopf, welches uns gegen die Unbill des Wetters in dieser Jahreszeit schützte. Das traf für die Mannschaften, die von uns durch einen Zaun getrennt für sich lebten, nur bedingt zu. Sie mußten sich vorwiegend im Freien aufhalten.

Das erste Ungeziefer stellte sich ein: Wanzen, deren Bisse äußerst schmerzhaft waren und eitrige Schwellungen hinterließen. Sie bissen vor allem nachts während des Schlafens zu, auch im Gesicht. Dies war am Anfang unserer Gefangenschaft, wir waren noch nicht daran gewöhnt, längere Zeit unter äußerst primitiven Verhältnissen zu leben. Später lernten wir neben den Wanzen, Läusen und Flöhen in den Erdbunkern Mücken kennen, welche die Malaria übertrugen. Hinzu kamen im Sommer kleine Fliegen, die in Schwärmen auftraten, unter unsere Kleidung krochen und schmerzhaft zubissen. Wir wurden mit Maßnahmen vertraut, wie man sich – wenn auch eingeschränkt – gegen diese Plagen schützen konnte.

Wir lernten im Lager Insterburg die in der russischen Armee zwischen Mannschaftsdienstgraden und Offizieren bestehenden Unterschiede kennen. Sie zeigten sich vor allem bei der Verpflegung. In der deutschen Wehrmacht war diese in jeder Hinsicht einheitlich. Der russische Soldat erhielt gegenüber dem Offizier täglich eine um 10 g Fett geringere Zuteilung und keine Zigaretten, dem Offizier standen 15 Stück zu. Unterschiede gab es auch bei der Bekleidung. Dazu später mehr. Als wir in Gefangenschaft gerieten, hatten wir die Vorstellung, in Rußland bestehe eine klassenlose

Gesellschaft. Dies traf jedoch weitgehend nicht zu.

Nach einigen Tagen Aufenthalt in der Reithalle ging es mit der Eisenbahn weiter. Die Spurweite der Schienen ist in Rußland wesentlich breiter als die in Deutschland, man hatte sie deshalb entsprechend verändert. Wir wurden in Güterwaggons transportiert, deren Boden mit Stroh bedeckt war. In der Mitte der Waggons befand sich eine Schiebetür, spaltbreit geöffnet. Hier führte eine Holzrinne aus dem Inneren ins Freie und endete dicht über dem Gleis. In diese Rinne konnten wir uns ›entwässern‹, beziehungsweise unsere Notdurft verrichten. Eine unappetitliche, unhygienische Angelegenheit, zumal der Boden ringsum Schlafstelle war. Die Räume beiderseits der Tür waren in der Höhe durch einen Bretterboden unterteilt, so konnten zwei Flächen als Schlafplatz genutzt werden. Jeder Fläche waren sieben Mann zugeteilt, dies setzte voraus, daß sich alle seitlich aneinander legten. Ein Umwenden war nur möglich, wenn es gleichzeitig durch alle erfolgte. Die Fensterluken waren mit Brettern zugenagelt, durch deren Ritzen am Tage Lichtstrahlen in das Waggoninnere drangen.

In der ersten Zeit gab es noch Spekulationen über das Ziel der Reise: Heimat oder Rußland. Nach einigen Tagen war klar, es geht in das russische Reich. Hielt der Zug, wenn auch nur kurze Zeit, kontrollierten russische Soldaten jeden Waggon nach Spuren, die auf Fluchtversuche hinwiesen, fanden jedoch nichts. Ein Fluchtversuch wäre bei der gegebenen Situation auch völlig aussichtslos gewesen. Den seitlich auf dem Waggonboden liegenden Kameraden dröhnte das Rattern des Zuges schmerzhaft in den Ohren. Die Plätze unten und oben wurden deshalb regelmäßig getauscht. Wir waren stets hungrig und unser Allgemeinzustand verschlechterte sich täglich. Gelegentlich wurden bei einem Halt des Zuges die Türen geöffnet und eine wässrige Suppe ausgegeben oder salziger Trockenfisch verteilt. Notdurften wurden in Zugnähe verrichtet.

Bei einem solchen Halt beeindruckte mich folgende Szene: Ein russischer Soldat wurde von seinem Vorgesetzen aus einer Gruppe gerufen. Beide gingen einige Schritte abseits. Der Vorgesetzte schlug dem Soldaten links und rechts mit den Händen ins Gesicht. Der Soldat hielt still und wehrte sich nicht. Prügelstrafe in der russischen Armee? Die Fahrt ging weiter. Nicht nur die körperliche, sondern auch die seelische Verfassung wurde immer schlechter. Die zugenagelten Fenster und geschlossenen Türen verhinderten den Ausblick ins Freie, in die Weite der russischen Landschaft. Es war schlimmer als in einem Gefängnis. Einige Kameraden verloren ihre Selbstbeherrschung und begannen zu verzweifeln. Zum Glück gab es wiederum solche, die eine disziplinierte Haltung bewahrten und auf die anderen ausgleichend wirkten.

Nach über zwei Wochen, die Zeit kam uns viel länger vor, erreichten wir Kasan an der Wolga, Hauptstadt der damaligen föderativen Republik Tatarstan, gelegen am

Kujbyšever Stausee. Etwa 2 000 km Luftlinie waren wir von Königsberg entfernt, der Stadt, in deren Nähe wir gefangengenommen worden waren. Eine Dose amerikanisches ›Corned beef‹ wurde an jeden von uns ausgegeben, deren Inhalt wir, ausgehungert wie wir waren, gegen alle Regeln der Vernunft auf einmal verschlangen. Es schmeckte uns wie ein Festschmaus. Die Folgen waren verheerend, schlimmster Durchfall stellte sich ein, der uns noch mehr schwächte.

In Kasan stiegen wir vom Zug auf ein Schiff um. Man brachte uns unter Deck. Die Enge störte uns nicht mehr, wir waren inzwischen an sie gewöhnt. Zunächst ging es entlang der Steilufer wolgaabwärts. Die Isolierung von den mitfahrenden russischen Passagieren lockerte sich. Gestenreiche Gespräche kamen zustande, kaum einer verstand die Sprache des anderen. Wir erfuhren dabei, daß wir wohl nach Jelabuga kämen, dort sei ein großes Kriegsgefangenenlager. Einige meiner Kameraden tauschten Wertgegenstände, die ihnen noch geblieben waren, zum Beispiel Eheringe, gegen Lebensmittel ein. Von der Wolga ging es in einen Nebenfluß, die Kama, und dann stromaufwärts, Richtung Jelabuga.

Ein Anblick hat sich mir fest eingeprägt: Neben einer Schiffsanlegestelle stand eine große Statue von Lenin in der bekannten Siegerpose, den Blick geradeaus gerichtet, den rechten Arm halbschräg nach oben gestreckt. Es herrschte Hochwasser. Der Fluß war breit über seine Ufer getreten und hatte die Statue Lenins bis zur Brust mit Wasser bedeckt. Sie bot den Anblick eines Ertrinkenden, der auf sich aufmerksam machen wollte.

Die Eintönigkeit der Uferlandschaft wurde im Norden durch eine Hügellandschaft unterbrochen. Bei strahlendem Sonnenschein, es war unterdessen Mittag geworden, näherten wir uns der Stadt. Auf den Spitzen ihrer drei weißgetünchten Kirchtürme ragten Kreuze gen Himmel. Wir erreichten in langsamer Fahrt die Schiffsanlegestelle und verließen das Schiff, formiert zu einer Kolonne, unter den Kommandos der russischen Begleitposten. Es ging etwas hügelan, mühsam schleppten wir uns voran, hatten jedoch das Ziel bald erreicht. Die Stadt erschien uns wie eine ›Fata Morgana‹. Wir marschierten durch die Straßen, links und rechts standen einige Bewohner, die unseren Zug neugierig, aber stumm vorbeiziehen ließen.

Es war der 23. Mai 1945. Wir vergaßen vorübergehend unsere Müdigkeit und Schwäche und zogen in das Lager ein, von den uns erwartende Kameraden herzlich begrüßt. Unsere Blicke gingen nach Bekannten suchend erwartungsvoll hin und her, teilweise mit Erfolg, Wiedersehensfreude breitete sich aus.

Jelabuga liegt ebenfalls in Tatarstan. Tatarstan ist circa 68 000 qkm und hatte damals eine Einwohnerzahl von etwa 2,8 Millionen. Der Anteil der Landbevölkerung betrug in etwa 50 Prozent. Die Hauptstadt der Republik hatte um die 900 000 Einwohner und war Zentrum für Handel und Industrie, jedoch auch für

Geisteswissenschaften und die Kirche. Der fruchtbare Boden schaffte für die Landwirtschaft gute Voraussetzungen zum Anbau von Getreide, Hülsenfrüchten, Sonnenblumen und Gurken.

Die Bevölkerung war durchweg gutmütig und humorvoll. Haß auf uns Deutsche war nicht anzutreffen. Im Gegenteil, man begegnete uns mit Achtung.

Abb. 6

Das Kriegsgefangenenlager Jelabuga

Das Lager war ein ehemaliges Nonnenkloster, im 18. Jahrhundert von einem italienischen Architekten erbaut, ein Wallfahrtsort der russisch-orthodoxen Kirche, die sich in der Mitte des 11. Jahrhunderts von der römisch-katholischen Kirche getrennt hatte. Während der Zeit der Revolution nach dem Ersten Weltkrieg war das Kloster aufgelöst und anderen Zwecken zugeführt

71

worden. Im Zweiten Weltkrieg und danach diente es als Kriegsgefangenenlager, vorwiegend für Offiziere im Leutnants- bis zum Hauptmannsrang sowie in geringer Zahl für Mannschaftsdienstgrade, ursprünglich vorgesehen für Arbeiten im Lager.

Es gab ein A- oder auch Klosterlager, in diesem wohnten Gefangene, die während des Krieges in Gefangenschaft geraten waren, z. B. in Stalingrad. Ferner gehörten zu diesem Lager 1 500 japanische Offiziere.

Die japanischen Offiziere besaßen ein Samurai-Schwert zu ihrer Verteidigung bis zum Tode, dies erforderte ihre Ehre. Ein Ondit besagte, der russische Lagerkommandant habe einmal die japanischen Offiziere aufgefordert, die Schwerter herauszugeben. Dies wurde einmütig verweigert und darauf verwiesen, daß es dann im Lager 1 500 tote japanische Offiziere gäbe. Also durften sie die Schwerter behalten. Charakteristisch war, daß sie beim Ziehen schwerer Lasten, zum Beispiel eines mit Holz beladenen Schlittens, ein eindringlich monotones ›Heu-sa! Heu-sa! Heu-sa!‹ ausriefen, vergleichbar mit unserem ›Zu-gleich! Zu-gleich! Zu-gleich!‹.

Im Offizierslager B waren diejenigen Offiziere untergebracht, welche kurz vor oder nach der Kapitulation Deutschlands gefangengenommen worden waren.

Die Angehörigen beider Lager wurden getrennt gehalten, die russische Lagerleitung wünschte keine Kontakte zwischen ihnen. Das Zusammenleben im

Lager auf sehr engem Raum erforderte die Einhaltung strenger Disziplin – etwa bei der Verteilung der sehr knappen Verpflegung – und bot nur wenig Spielraum für persönliche Freiheiten.

Wir ›Königsberger‹ wurden zunächst in der Baracke ›Deutschland-Halle‹ untergebracht.

Einige Tage später bestimmte eine russische Ärztin durch eine Untersuchung den Tauglichkeitsgrad eines jeden von uns für seinen späteren Arbeitseinsatz. Dies geschah in einfacher Weise: Wir defilierten nackt an ihr vorbei, sie kniff mit Daumen und Zeigefinger in die linke Pobacke und entschied mit Bestimmtheit:

Kategorie 1: Uneingeschränkt tauglich für alle Arbeiten außerhalb des Lagers, auch Holzeinschlag und -transport.
Kategorie 2: Tauglich für mittelschwere Arbeiten auch außerhalb des Lagers, jedoch mit begrenzter Arbeitszeit.
Kategorie 3: Tauglich nur für Arbeitseinsätze im Lager in eingeschränktem Maße, Dystrophie (Ernährungsstörung durch Mangel- oder Fehlernährung mit Auswirkungen auf den gesamten Organismus).

Das geschilderte Verfahren zur Bestimmung des Tauglichkeitsgrades für den Arbeitseinsatz – Kniff in die Gesäßbacke – sei auch in den Zeiten des Sklavenhandels üblich gewesen. Hier habe es als Basis für das Aushandeln des Kaufpreises gedient, so erzählte ein unter uns befindlicher Arzt.

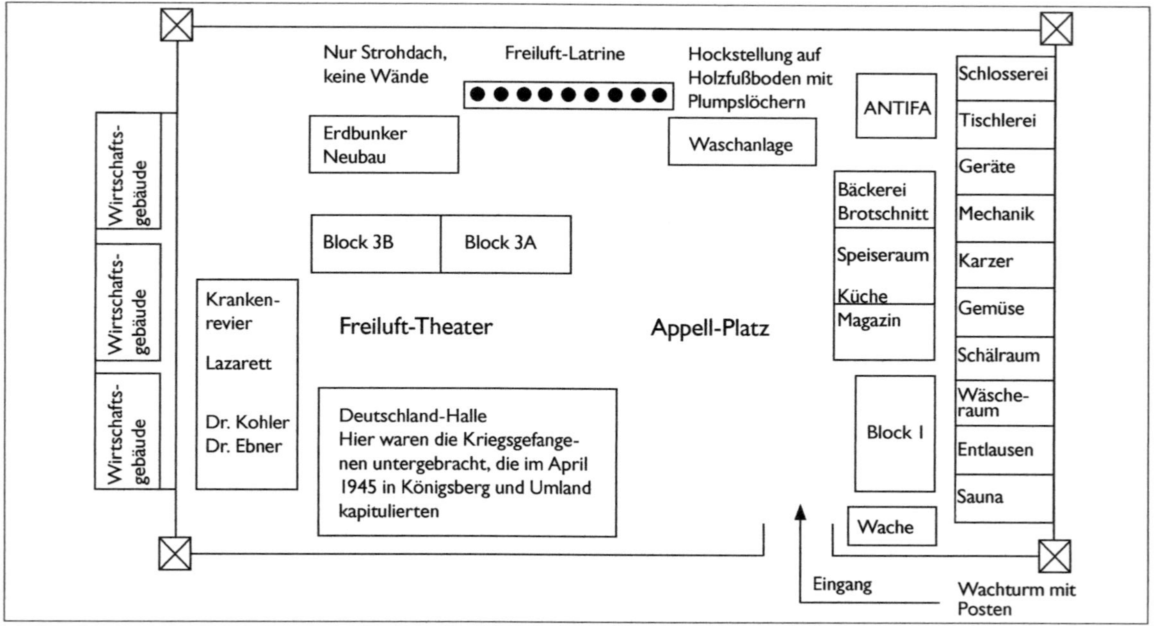

Abb. 7 : Das Kriegsgefangenenlager Jelabuga (Unterbringung für ca. 2000 Offiziere)

Kategorie 1 – uneingeschränkter Arbeitseinsatz

Angehörige dieser Kategorie wurden zum Einschlagen von Holz in einem Waldlager eingesetzt, eine schwere Arbeit bei knapper Verpflegung. Viele kamen nach einiger Zeit krank zurück, oft hatten sie Wasseransammlungen in den Beinen.

Etwas besser gestellt waren die Kameraden, die den ebenfalls sehr anstrengenden Transport der Baumstämme von der 25 Kilometer entfernten Einschlagstelle nach Jelabuga zu bewältigen hatten. Transportmittel waren einfache Wagen, bzw. im Winter Schlitten, die wir selbst angefertigt hatten und die jeweils von sechs Mann mittels Strohseilen, die oft rissen und geflickt werden mußten, gezogen wurden.

Es war Neujahr 1946 am Nachmittag, als eine Mannschaft von etwa hundert Mann mit beladenen Schlitten im Lager ankam. Siebzig bis achtzig Mann hatten Erfrierungen zweiten und dritten Grades. Sie wurden sofort ärztlich behandelt. Einem Stabsveterinär mußten beide Beine amputiert werden. Konsequenz aus dieser Katastrophe waren folgende Verhaltensmaßregeln: Kam eine Mannschaft mit durchfrorener Kleidung und vereistem Schuhwerk zurück, wurden Gliedmaßen und Füße sofort kräftig durchgeknetet, um ein Absterben derselben zu verhindern. Bemerkte man, daß ein Kamerad im Gesicht weiß wurde, ohrfeigte man ihn kräftig mit beiden Händen, bis seine Wangen wieder durchblutet waren.

Im Laufe der Gefangenschaft gewöhnten wir uns an die russische Kälte und wurden abgehärtet, Erfrierungen kamen kaum noch vor.

Kategorie 2 – man konnte damit leben

Es war die Kategorie, zu der ich gehörte, geeignet für mittelschwere Arbeiten aller Art. Zunächst stellte ich ›Nägel‹ her, dringend benötigte Mangelware. Dazu mußte ich die Stacheln von Stacheldraht ausbiegen und gerade richten.

Die anschließende Arbeit bestand im Trockenheizen eines neu errichteten Erdbunkers. Mehrere Feuerstellen mußten ständig mit Brennholz versorgt werden. Zumeist hatte ich Nachtschicht. Mit dem Heizen verbunden war das Erhitzen von Hagebutten, die eine Vielzahl von Kochgeschirren füllten. Die russische Lagerleitung hatte den Apothekern unseres Lagers erlaubt, Pflanzen und Kräuter in der Umgebung zu sammeln, dazu gehörten auch Hagebutten, die für uns wegen ihres hohen Gehalts an Vitamin C äußerst wertvoll waren.

Der tägliche Appell im Lager

Dieser war ein Festpunkt im Tagesablauf unseres Lagerlebens in Jelabuga. Er war verbunden mit umständlichen, zeitraubenden Zählungen, die sich oft über eine Stunde und länger hinzogen. Durch das damit verbundene disziplinierte Stehen waren wir jedes Mal am Ende völlig erschöpft.

Das Schema war immer das gleiche. Es begann damit, daß sich die beiden Bataillone des Lagers sowie die weiteren Gruppen zu ihren auf dem Appellplatz genau festgelegten Stellplätzen begaben und dort in einer bestimmten Gliederung aufstellten. Ihre Zahl wurde ermittelt und an den Lageradjutanten Hauptmann Gunst weitergegeben. Hinzu kamen die Kameraden, die im Lager einer ortsgebundenen Tätigkeit nachgingen bzw. krank und bettlägerig waren. Die Gesamtzahl meldete Hauptmann Gunst dem deutschen Lagerkommandanten Wölfel, einem konsequenten Monokelträger, der sie an den russischen Offizier vom Dienst weiter gab. Hinzu kam eine Gruppe, die außerhalb des Lagers arbeitete. Sie wurde am Tor von den russischen Wachtposten erfaßt.

Ein Zwischenfall sorgte bei allen Beteiligten für etwas Heiterkeit: Ein Stabszahlmeister meldete seine Einheit mit ausgestrecktem rechtem Arm, linke Hand am Koppelschloß, es fehlte nur noch der Ruf ›Heil Hitler‹ und der ›Deutsche Gruß‹ wäre vollständig gewesen.

Die Zeitansage war ein Problem. Die vielen Filzungen und die damit verbundene Konfiskation von Wertgegenständen aller Art, insbesondere Uhren, hatten zur Folge, daß keiner mehr solche Dinge besaß. Praktisch existierte nur eine Uhr im Lager, selbstgefertigt von einem Kameraden. Sie befand sich in einem zentral gelegenen Gebäude. Ein Posten las die halben und die vollen Stunden ab, trat aus dem Gebäude und rief den Posten vor den einzelnen Unterkünften die Zeit zu. Diese gingen zur Eingangstür ihres Gebäudes, öffneten sie und gaben die Durchsage weiter in das Innere – in aller Regel auch nachts.

Knappe Verpflegung

Uns Offizieren standen an Lebensmitteln täglich zu: 15 Gramm Butter, 10 Gramm Zucker und 400 Gramm Brot mit 80 Prozent Wassergehalt. Ferner gab es 15 Zigaretten aus schwerem dunklem Krimtabak, in Anbetracht unseres schlechten Allgemeinzustandes ein schlimmes Gift für unsere Lungen.

Es gab vor allem im Winter längere Perioden, in denen wir nur einen Teil des Verpflegungssatzes erhielten. Die russische Lagerleitung begründete dies mit Nachschubschwierigkeiten aufgrund zugefrorener Flüsse. Fakt ist, daß in Rußland nach dem Kriege eine große Hungersnot herrschte.

Das Brot wurde in Einzel-, Butter und Zucker dagegen in Gruppenportionen ausgegeben, die dann in der Unterkunft ausgewogen wurden. Dafür hatten wir Präzisionswaagen im Eigenbau angefertigt, die mit langen Hebelarmen ausgerüstet waren. Der Kamerad, welcher die Verteilung vornahm, war von uns umringt, wir verfolgten seine Tätigkeit mit gespannten Blicken. Während des gesamten Vorganges herrschte eine erwartungsvolle Stille.

Beim Verzehr, der bei schönem Wetter im Freien erfolgte, war Unterschiedliches zu beobachten: Einige verschlangen den größten Teil des Brotes sofort mit gierigen Bissen. Andere teilten ihre Portion in viele kleine Stücke auf, setzten sich beherrscht davor, betrachteten die Stücke und verzehrten sie langsam kauend in minutenlangen Abständen. Wieder andere trockneten die Brotstücke zuerst in der Sonne. Anschließend nahmen sie die Krumen in den Mund, kauten sie langsam und genüßlich und schluckten sie schließlich hinunter. Ihr Blick war dabei oft gedankenvoll in die Ferne gerichtet. Während des Trocknens der Brotstücke in der Sonne geschah es manchmal, daß, wenn man nicht aufpaßte, freche hungrige Vögel mit dem Schnabel blitzschnell einen Bissen erfaßten und pfeilgeschwind davonflogen.

Das Mittagessen wurde im Erdgeschoß eines zentral gelegenen Wohnblocks ausgegeben und eingenommen. Es herrschte Schichtbetrieb im Zeitabstand von etwa zwanzig Minuten. Es gab nur einen Gang. Wirklich gesättigt waren wir nie.

Starken Rauchern genügten 15 Zigaretten täglich nicht. Sie deckten ihren zusätzlichen Bedarf durch Eintausch von Lebensmitteln. Dadurch fügten sie sich erhebliche gesundheitliche Schäden zu. Lungentuberkulose breitete sich aus. Die ernsthaft Erkrankten wurden in die Heimat entlassen und zu Hause mit dem gerade entwickelten Penicillin, einem Antibiotikum, meist mit Erfolg behandelt.

Auch viele Nichtraucher infizierten sich. Meine Vorbeugung gegen Tuberkulose bestand darin, daß ich im Freien bei jeder sich bietenden Gelegenheit tief durchatmete. Dennoch infizierte ich mich, hatte jedoch keinerlei Beschwerden. Die Tuberkulose verkapselte sich. Dies stellte man bei meiner Entlassungsuntersuchung am 13. Dezember 1949 im Krankenhaus in Göttingen fest.

Meine Zigarettenzuteilung verschenkte ich anfänglich an Kameraden. Später sparte ich – meine Entlassung vor Augen – eine gewisse Menge an und nutzte sie in der Heimat als Tauschobjekt.

Papier gab es nicht

Auf der dem Eingangstor gegenüberliegenden Längsseite des Offizierslagers B war eine große, lang gestreckte, circa zwei Meter tiefe Grube ausgehoben, abgedeckt mit Längs- und Querbalken, die so verlegt waren, daß sich eine Vielzahl von Öffnungen ergab. Dies war unsere ›Latrine‹, die mit oberhalb im Strohdach angeordneten Dachluken versehen war, die der Be- und Entlüftung des Raumes dienten. Durch diese offene Bauweise waren wir Benutzer weitgehend jeglichem Wetter ausgesetzt.

Wir hockten uns über eine der Öffnungen und verrichteten unsere Notdurft. Papier gab es im ganzen Lager nicht. Wir benutzten, solange wir noch solches besaßen, unser deutsches Papiergeld, mit steigendem Wert, es war ohnehin für uns bedeutungslos. Die Scheine schwammen in der Kloake herum.

Ebenfalls wurden Holzstäbchen für die Reinigung verwendet. Sie stammten vom Auswiegen unserer täglichen Brotzuteilungen. Fehlte an dem uns zustehenden 400-Gramm-Stück eine geringe Menge, wurde die Ration aufgefüllt mit einem Stückchen Brot, das mit einem kleinen Holzstäbchen auf das größere Stück Brot aufgespießt wurde. Viele Kameraden benutzten auch einen Lappen, den sie nach Gebrauch für die Wiederverwendung gründlich wuschen und danach an der Luft trockneten.

Ferner waren Gras und Heu in Gebrauch. Letzteres war illegaler Besitz. Auf dem Wege zu ›Onkel Dohms Hütte‹, so bezeichneten wir die Latrine, denn ein Herr Dohm war ihr Erbauer gewesen, befand sich ein großer Heustapel, der streng bewacht wurde, um eine Entwendung von Heu zu verhindern. Eines Tages war ich zu dieser Wache eingeteilt. Ich drückte beide Augen zu, als einige Kameraden im Laufschritt vorbeihasteten und eine Hand voll Heu mitnahmen. Dies war Diebstahl sozialistischen Staatseigentums und ich hatte diesen zugelassen, war also ein ›Mittäter‹.

Diesen Vorgang beobachtete der deutsche Offizier vom Dienst, ein ›Stalingrader‹. Er verdonnerte mich zu zwei Stunden Arbeitsdienst. Zusammen mit einem Kameraden mußte ich mit einer Holztrage Erde transportieren. Dies war die einzige ›Bestrafung‹, die ich während meiner insgesamt siebenjährigen Militär- und Kriegsgefangenenzeit erhielt.

Ich erinnere mich, daß wir während der ersten Tage nach unserer Ankunft in Jelabuga so schwach waren, daß wir für den Weg zur ›Latrine‹ eine lange Zeit benötigten. Wir gingen einige Schritte, knickten in den Knien vor Schwäche ein, blieben stehen, um Kraft für die folgende Etappe zu sammeln, und so ging es weiter bis zur Grube und nach verrichteter Notdurft in gleicher Weise wieder zurück.

Einige Male geschah es, daß ein Kamerad, der sich in Hockstellung befand, vor Schwäche rückwärts in die Grube fiel. Eine unappetitliche Angelegenheit. Er wurde herausgeholt und mit Wasser aus der unmittelbar danebenliegenden Waschanlage gründlich gesäubert, ebenso natürlich seine völlig verschmutzte Kleidung.

Spießrutenlaufen

Die knappe Verpflegung und vor allem die Sucht der Raucher führten gelegentlich zu Kameradendiebstählen. In der ›Deutschlandhalle‹ – hier waren wir ›Königsberger‹ untergebracht – wurden einwandfrei ermittelte Diebe in äußerst drakonischer Weise bestraft: Sie mußten ›Spießrutenlaufen‹. Diese vorwiegend militärische

Strafe wurde vor allem im 17. und auch noch im 18. Jahrhundert verhängt. Friedrich II., der Große, König von Preußen, setzte sie in schärfster Form gegen Deserteure ein. Der Fahnenflüchtige mußte mehrmals durch eine von 100 bis 200 Mann gebildete Gasse laufen und erhielt dabei von jedem Soldaten mit einem Weidenstock einen kräftigen Schlag auf den entblößten Rücken. In einigen Fällen verstarb der so Bestrafte an den Folgen dieser Schläge.

In nicht ganz so harter Art und Weise wurde in der ›Deutschlandhalle‹ die Bestrafung durchgeführt. Cirka dreißig Mann, meist jüngere Offiziere, stellten sich paarweise gegenüber und bildeten die Gasse, durch die der Delinquent mit freiem Oberkörper hindurch mußte. Ein Schrittmacher ging vorweg und bestimmte das Tempo. Die kräftig geschwungenen Koppeln klatschten auf den Rücken des Täters, dessen Haut sich rötete und schließlich aufsprang. Danach mußte er sich 14 Tage lang beim Antreten zum morgendlichen Appell zehn Meter vom äußersten rechten Flügel der Gruppe isoliert aufstellen.

Bei einem älteren österreichischen Offizier, einem notorischen Raucher, der aus der Kleidung von Kameraden, die er bewachen sollte, während diese sich in der Entlausungsanstalt aufhielten, Tabak gestohlen hatte, wurde von einer solchen körperlichen Züchtigung abgesehen. Er hätte mit Sicherheit schwere gesundheitliche Schäden davongetragen. Er mußte nur isoliert antreten.

Ich selbst habe mich an einer solchen Bestrafungs-
aktion, wie vorstehend geschildert, nie beteiligt, sie
widersprach zutiefst meiner inneren Einstellung.

Wahrscheinlich auf Anordnung der russischen Lagerleitung wurde diese Art der Bestrafung schließlich
untersagt.

Unsere Hobbys

Skat spielten wir mit selbstgefertigten Karten aus Holz.
Einige Kameraden konnten selbst in der Gefangenschaft diesem Hobby nicht entsagen. Was tun, wenn
keine Karten vorhanden sind und kein Stück Papier
oder Karton da ist, um solche anzufertigen? Holzstük-
ke gab es, wenn auch eingeschränkt. Also fertigte man
daraus Platten in Kartengröße und schliff sie mit viel
Mühe mittels Glasscherben glatt. 32 Karten werden
für ein Spiel benötigt: Kreuz, Pik, Herz, Karo. Die
Kennzeichnung erfolgte mit Hilfe eines Brennglases,
säuberlich ins Holz eingebrannt. Die Karten während
des Spiels in der Hand zu halten wäre umständlich
bzw. gar nicht möglich gewesen, also mußte ein Gestell aus Holz her. Dieses war ohne Nägel und Leim
nicht so einfach herzustellen, doch es ging. Das Gestell
wurde schräg aufgestellt und durch einen Ständer gehalten. Die Karten wurden entsprechend ihrer Wertig-
keit darauf gelegt. Das Spiel konnte beginnen: ›Grand,
Schneider angesagt!‹

Sommerschuhe nach Maß statt barfuß zu gehen? Stiefel oder Schnürschuhe mußten schließlich für den Winter geschont werden. Also trug man Sandalen, natürlich keine Fabrikationsware, sondern handgefertigte Maßarbeit. Wenn schon, denn schon! Handwerklich geschickte Kameraden fertigten sie an. Ein großes Stück Holz wurde organisiert, was gar nicht so einfach war. Das Fußbett, ein orthopädisches Meisterstück, wurde mit einer Glasscherbe für den jeweiligen Fuß in das Holz eingearbeitet. Der Erwerb erfolgte im Tausch gegen Lebensmittel, die sehr knapp waren. Handelte es sich bei den Herstellern um passionierte Raucher und bei den Abnehmern, wie ich zum Beispiel, um leidenschaftliche Nichtraucher, so gab es keine Probleme. Man wurde sich schnell einig.

Das Literaturangebot war extrem mager. Wie durch ein Wunder hatte ich das ›Gegenwartslexikon‹ von Rudolf Sängewald, zweite Auflage 1942, das ich unmittelbar vor meiner Einberufung zur Wehrmacht in Stettin erworben hatte, durch die vielen ›Filzungen‹ hindurchgeschmuggelt. Einmal hatte es ein junger russischer Soldat entdeckt und wollte es an sich nehmen. Ich blickte ihn bittend an, er gab es mir darauf schweigend wieder zurück. Er verstieß damit gegen seine Dienstvorschrift.

Ich besitze das Buch noch heute. Es enthält auf 600 Seiten 265 Kurzberichte über damals aktuelle Fragen, vor allem auf den Gebieten der Naturwissenschaft und Technik. Wo immer sich die Gelegenheit bot, beschäftigte ich mich mit der Lektüre dieses äußerst instruktiven Buches.

Dem Lageradjutanten Hauptmann Gunst war es gelungen, Goethes ›Faust‹ überall hin durchzuschmuggeln. Er wurde ein Goethe-Fan, lernte den ›Faust‹ auswendig und fand für jede Situation das passende Zitat:

Mir hilft der GEIST! Auf einmal seh ich RAT
Und schreib getrost: Am Anfang war die TAT!

Nach diesem Zitat handelnd meldete ich mich freiwillig zu mehreren Arbeitskommandos außerhalb des Lagers. Mein Ziel war es, der erdrückenden, Depressionen auslösenden Atmosphäre im Lager zu entkommen und Land und Leute kennenzulernen.

Arbeitsdienst

In den zwei Jahren, die ich dem Offizierslager Jelabuga angehörte, wurde ich zwar von dort verpflegt, arbeitete und wohnte jedoch weit über die Hälfte der Zeit außerhalb des Lagers in etwa 25 Kilometer Entfernung. Es waren jeweils Bau-Kommandos von 25 Mann, denen ich angehörte. So ging es einmal um eine Musterwerft an der Kama, wir wohnten in einem Holzhaus neben der Werft, ein anderes Mal um ein großes Lager, das wir erstellten – es blieb leider unbe-

nutzt, da es an falscher Stelle errichtet worden war –,
wir wohnten in einem großen Zelt auf freier Wiese.

Einige Zeit führten wir in Celny, einem kleinen Ha-
fenort in der Nähe von Jelabuga, verschiedene Arbeiten
aus, unter anderem beluden wir Schiffe mit Getreide.
Ein Sack wog sechs Pud, das sind 1,5 Zentner. Wir
mußten die Säcke gut 25 Meter bis zum Schiff und
dort in gebückter Haltung unter Deck bringen, ein sehr
anstrengender und kräftezehrender Job. Wir wohnten in Privatquartieren und schliefen, wie üblich, auf
dem gemauerten Stubenofen, etwa einen halben Meter
unter der Decke. Der Ofen war ungeheizt, es war ja
Sommer.

Auf Veranlassung der Lagerleitung mußte jeder von uns
einen ausführlichen Lebenslauf schreiben, der auch die
berufliche Laufbahn enthielt. Ich wußte zu dieser Zeit
noch nicht, daß dies für meinen späteren Arbeitseinsatz
in der Gefangenschaft von Bedeutung sein würde.

Eines Tages wurde ein Handwerkerkommando von
25 Mann zusammengestellt, das für die Stahlver-
arbeitung eingesetzt werden sollte. Um der einengenden Atmosphäre im Offizierslager aus oben beschriebenen Gründen zu entkommen, meldete ich
mich zusammen mit einem Hauptmann der Reserve,
etwa 50 Jahre alt, im Zivilberuf Diplomingenieur bei
der Thyssen AG, als Kesselschmied. Die anderen
Handwerkssparten dieses Kommandos waren bereits

besetzt. Es ging zu der etwa 15 Kilometer entfernten Werft bei Celny an der Kama. Diese Werft durfte als Auszeichnung dafür, daß sie die leistungsfähigste an diesem Fluß war, einen besonderen Wimpel führen.

Zum Wohnen wurde uns ein ebenerdiges Blockhaus zugewiesen, welches etwas abseits der Werft stand. Die Außentür führte in den vorderen Teil des Hauses, den wir als Aufenthaltsraum nutzten, der hintere Teil mit Blick auf den Fluß diente uns als Schlafraum, die Holzpritschen waren übereinander vor der Längswand angeordnet.

Unser beider Arbeitsplatz war die auf hartem Lehmboden eingerichtete Kesselschmiede, ausgerüstet mit einer offenen Schmiedefeuerstelle, einem großen Amboß und einem festen Arbeitstisch.

Unsere Mitarbeiter waren ein älterer und ein jüngerer Russe, zu denen wir bald guten Kontakt hatten, wenn es auch zu Beginn einige sprachliche Verständigungsschwierigkeiten zu überwinden galt. Unsere Aufgabe bestand zunächst in der Vorbereitung des Materials für die Herstellung eines runden Öltanks, wozu wir 3 bis 4 Millimeter starke Blechtafeln zur Verfügung hatten. Uns war von dem älteren Russen vorgegeben worden, aus einer Blechtafel mittels eines Setzmeißels zwei Sektoren zu schlagen. Boden und Deckel des herzustellenden Tanks setzten sich aus mehreren Sektoren zusammen. Es war nicht einfach, dem Mantel die richtige Wölbung zu geben. Wir schlugen dazu entlang einer Seite der Blechtafel so lange von unten nach oben auf den Setzmeißel ein, bis für einen schmalen Streifen des Materials die richtige Wölbung geschaffen war. Dann folgte der nächste Streifen und so fort. Eine nicht ganz einfache Arbeit, die viel Fingerspitzengefühl erforderte: Einer hielt das Setzeisen, das unverkeilt auf einem Holzstiel steckte, der andere schlug mit einem schweren Hammer zu. Gelegentlich löste sich der Hammer vom Stiel und flog unkontrolliert durch die Gegend.

Die Durchführung dieses Arbeitsablaufes erforderte einen erheblichen Kraftaufwand, wir überdachten sie deshalb bis ins kleinste Detail. Bald fanden wir heraus, daß man bei entsprechender Anordnung aus einer Blechtafel drei statt zwei Sektoren herstellen konnte. Das bedeutete eine Materialeinsparung von 50 Prozent. Eine solch vorteilhafte Lösung gefunden zu haben, war für uns etwas Selbstverständliches. Wir stellten sie deshalb nicht besonders heraus. Anders der ältere russische Mitarbeiter: Als er sie erfaßt hatte, schüttelte er den Kopf und verschwand. Kurz darauf kam der Meister, murmelte ›molitex‹ (prächtig) und eilte davon, um den ›Nadschalnik‹ (Direktor) zu holen. Dieser lobte uns tief beeindruckt und verordnete 14 Tage Zusatzverpflegung. Wir konnten sie gut gebrauchen.

Nach Beendigung dieser Arbeiten wurde ich einem ›Stachanow‹-Schmied zugeteilt, dies bedeutet, daß es sich hierbei um einen Handwerker handelte, der stets über seiner zu erbringenden Arbeitsleistung lag. Ich werde in einem späteren Kapitel hierauf noch näher eingehen.

Wir schmiedeten Schiffswellen von 85 mm Durchmesser. Der leitende Schmied gab mit seinem Hämmerlein das Signal zum Zuschlagen. Der zum Einsatz kommende Hammer war ein großer schwerer Schmiedehammer, ›Kuwalda‹ genannt. Die Arbeit wurde im ›Rundschlag‹ ausgeführt, sie dauerte zum Glück nur wenige Tage.

Unsere übrigen Kameraden führten – zumeist selbständig arbeitend – die unterschiedlichsten auf einer Schiffswerft anfallenden Arbeiten aus. Allgemein bestand ein gutes Verhältnis zwischen uns deutschen Kriegsgefangenen und den russischen Werftarbeitern. Auf der Werft gab es auch Sitzecken zum Ausruhen in den Arbeitspausen. Hier konnte man mit einem Trinkbecher aus einem großen Faß kaltes klares Wasser schöpfen und seinen Durst löschen.

Unser Begleitposten brachte uns im Abstand von 14 Tagen aus Jelabuga die uns zustehende Lebensmittelration, sonst sahen wir ihn nicht. Die Ration war gering angesichts der schweren Arbeit, die wir leisten mußten. So war es als großer Glücksfall zu bezeichnen, daß in der Nähe unserer Behausung ein mit Kartoffeln beladener Kahn gestrandet war und am Ufer lag. Jeden Tag nach Feierabend holten wir uns davon einen Korb voll, mit dem Schälen wechselten wir uns ab. Es durfte nur die Oberfläche der steinhart gefrorenen Kartoffeln aufgetaut sein, sonst wurden sie matschig und damit unschälbar. Unsere Fingerspitzen wurden nach einiger Zeit des Schälens weiß vor Kälte. Wir mußten sie zwischendurch aufwärmen, was sie kribbeln ließ.

Abb. 8 : Gräben in die Eisdecke schlagen

Einer von uns war ein versierter Fischer. Er schlug ein Loch in die über einen Meter dicke Eisschicht des Flusses und ließ einen an einer Schnur befestigten ›Blinker‹, ein hell glänzendes Metallstück mit fest daran verankerten Haken, ins Wasser. Durch ruckartiges Hochziehen der Angelschnur verfingen sich die Fische in den Haken und wurden aufs Eis gezogen. Die Kama ist einer der fischreichsten Flüsse Europas. Es war ein Glück, daß ein Kamerad über gute Kochkenntnisse verfügte und aus den gefangenen Fischen ein wohl schmeckendes Mahl für uns zubereiten konnte. Hungrig, wie wir nach der schweren Tagesarbeit auf der Werft waren, mundete es uns sehr. Nach einer anschließend geführten kurzen Unterhaltung legten wir uns ermüdet auf unsere Pritschen und schliefen sofort fest ein.

Um sechs Uhr früh standen wir am nächsten Tag auf, wuschen uns vor der Tür im Freien, im Winter mit Schnee, frühstückten, und dann ging es zur Arbeit auf die Werft. Hier gab man uns die für den Tag bevorstehenden Arbeiten auf. Anders als bei der späteren Arbeit für die russische Straßenbaugesellschaft V unterlag unsere Arbeit auf der Werft nicht dem Normierungssystem, wir erhielten für sie kein Geld, sondern nur die zehn Rubel im Monat, die uns als kriegsgefangene Offiziere zustanden.

Als der Winter einsetzte, luden wir alle Werkzeuge und sonstigen Geräte der Werft auf ein großes Holzschiff, das am Rande der Werft gut verankert lag. Auf diesem Schiff blieben die Gerätschaften, bis das Hochwasser im Frühjahr nach der Schneeschmelze zurückging und das überflutete Werftgelände wieder trocken fiel.

Während des Winters mußten wir dafür sorgen, daß
die Schiffe im Werftbereich nicht vom Eis erdrückt
wurden, sondern freien Kontakt mit dem Wasser
behielten. Dazu wurde um jedes Schiff ein 50 Zentimeter breiter Graben durch die über einen Meter
dicke Eisschicht geschlagen (s. Abb. 8). Als Werkzeug
diente ein etwa 1,5 Meter langer Pickel, bestehend aus
einer langen Stahlspitze, die an einem starken runden
Holzstiel angebracht war. Um den Stiel war eine große
Seilschlinge befestigt. Der ›Eisbrecher‹ stellte sich breit-
beinig hin, die Seilschlinge zuvor um den Hals gelegt,
den Pickel beidhändig fest gepackt. Er hob ihn in die
Höhe und stieß ihn mit Schwung in die Eisdecke bis
zum Wasser hindurch. Um dies zu erreichen, waren
drei bis vier Stöße erforderlich. Je näher man der darunter liegenden Wasserfläche kam, umso tiefer mußte
man sich bücken. Es bestand die Gefahr, daß der Pickel
dabei aus den Händen glitt; die Seilschlinge verhinderte
sein Versinken im Wasser.
Bei 50 Zentimeter Grabenbreite betrug die Tagesnorm
pro Mann 25 Meter. Um sie zu erfüllen, mußte der
Pickel einige hundertmal gehoben und nach unten ge-
stoßen werden. Es war eine schwere, kräftezehrende
Arbeit. Über sechzehn Kubikmeter festes Eis mußte
ein Mann auf diese Weise am Tag durchschlagen. Die
Strömung erfaßte die Eisstücke und trug sie fort.
    Oft waren die Pickel nicht scharf genug, wodurch
die Arbeit wesentlich erschwert wurde. Es gab Streit
um einen guten Pickel. Ich erinnere mich, daß sich

Abb. 9 : Quader aus der Eisdecke schlagen

einmal ein Oberleutnant (Diplomingenieur) und ein Leutnant (Abiturient) um einen scharfen Pickel regelrecht prügelten. Bis zum Abend mußte die Tagesnorm geschafft sein, honoriert wurde die Arbeit nicht. Die Wassergräben um die Schiffe mußten den gesamten Winter über offengehalten werden.

Der Winter ging vorüber, das Frühjahr kam. Innerhalb des Werftbereiches waren im Fluß eisfreie Flächen zu schaffen, damit beim Aufbrechen der Eisdecke kein Stau entstehen und die Schollen ungehindert flußabwärts treiben konnten. Um dies zu erreichen, wurde eine Vielzahl Quader von 8 Meter Länge und 3 Meter Breite sowie 1,25 Meter Stärke (Eisdicke) aus der Eisdecke geschlagen (s. Abb. 9). Ein Quader entspricht einem Gewicht von über 20 Tonnen.

Und so lief der Vorgang ab: Wir stellten uns entlang der markierten Grenzen des Quaders in Reihe auf und schlugen mit unseren Pickeln im Takt so lange auf die Eisdecke ein, bis sich durch diese zum Wasser hin durchgehende Risse gebildet hatten. Der Quader schwamm nun frei auf dem Wasser. Er mußte jetzt um 180 Grad gedreht werden, damit die vom Wasser berührte glatte Unterseite nach oben kam. Dieses geschah in der Weise, daß wir eine Schmalseite des Quaders mit unseren Pickeln unter Wasser drückten. In die dabei über das Wasser ragende Gegenseite trieben wir eine Stahlkralle ›Koschka‹ (Katze), an welcher ein Seil befestigt war. Der Druck auf der einen Seite, ausgeübt durch die ›Pickelmannschaft‹, und der Zug auf der anderen Seite, bewirkt durch die ›Seilmannschaft‹, führten zur Quaderdrehung. Der Quader wurde nun unter die bestehende Eisdecke gedrückt und infolge des geringen Reibungswiderstandes zwischen den beiden glatten Flächen von der Strömung erfaßt und flußabwärts getrieben.

Auf diese Weise stellten wir die notwendige freie Wasserfläche innerhalb des Werftbereiches her. Anschließend wurde flußaufwärts, also oberhalb der Werft, durch Sprengungen eine Rinne quer zum Fluß geschaffen.

Tausende von Fischen – wie bereits erwähnt, ist die Kama einer der fischreichsten Flüsse Europas – zappelten im Uferbereich und verendeten. Kein schöner Anblick! Die Eisdecke löste sich in große Schollen auf,

die nun flußabwärts in Bewegung zu setzen waren.
Dazu zogen wir die Schollen mit langen Stangen, die
an ihrer Spitze mit scharfen Eisenhaken versehen waren, in die Flußströmung, wobei wir von Scholle zu
Scholle springen mußten (s. Abb. 10).

Abb. 10 : Eisschollen in die Strömung ziehen

Gelegentlich geschah es, daß ein Mann ausrutschte
und ins Wasser fiel – Wassertemperatur 4 bis 6 Grad
Celsius, Flußtiefe circa 20 Meter –. Die Gefahr zu
ertrinken war groß, zumal wenn sich die Watteklei-
dung voll Wasser gesogen hatte. Man mußte zusehen,
daß man sich schnellstens an einer Scholle aus dem
Wasser zog. Am Land erhielt man einen Schluck
Wodka, durfte zur Unterkunft gehen und hatte für

den Rest des Tages arbeitsfrei. Zum Glück schien die Frühlingssonne schon recht warm.

Der Schluck Wodka und die arbeitsfreie Zeit danach führten dazu, daß sich mehrere Schollenspringer freiwillig ins Wasser fallen ließen. Dies war nur dann relativ ungefährlich, wenn eine zweite Scholle in geringem Abstand in der Nähe war, so daß man beim Hineinfallen die Stange über beide Schollen legen, sich an der Stange festhalten und danach auf eine Scholle klettern konnte.

Für diese Arbeiten zur Herstellung eisfreier Flächen waren auch russische Arbeiter eingesetzt, nicht nur Werftarbeiter, sondern auch Männer aus der Umgebung. Die Zusammenarbeit mit ihnen war gut. Man konnte von ›Teamwork‹ sprechen.

Fleckfieber

In Jelabuga lernte ich einen Oberleutnant, vielleicht 25 Jahre alt, Dresdner wie ich, kennen, dessen Eltern in der Nähe der Kreuzkirche ein Café betrieben hatten, das ich als Schüler wegen des guten Kuchens und der wohlschmeckenden Tasse Schokolade gelegentlich besucht hatte. Er war ein ›Stalingrader‹. Wenn ich mich mit ihm unterhielt, erregte er sich bereits nach einem kurzen Gespräch so stark, daß er am ganzen Körper zitterte und sich hinlegen mußte. Das Fleckfieber, das ihn infiziert hatte, hatte seine Spuren hinterlassen.

Die Seuche gedeiht in Schmutz und Dreck. Sie ist eine schwere, äußerst ansteckende Infektionskrankheit, die durch den Kot der Kleiderlaus übertragen wird. Ihre Erreger (›Rickettsia prowazekii‹) gelangen durch Kratzen ins Blut und rufen nach einer Inkubationszeit von 10 – 12 Tagen das Fleckfieber hervor. Die Krankheit beginnt mit Schüttelfrost und schnell ansteigendem Fieber. Ein erst roter, dann blauer und im Abklingen brauner, punktförmiger Hautausschlag tritt auf. Kopf- und Gliederschmerzen stellen sich ein, die mit allgemeiner Apathie und Delirien verbunden sind. Die Sterblichkeitsrate liegt bei 25 Prozent. Das Fleckfieber führt zu dauernder Immunität, wer es einmal durchgemacht hat, infiziert sich nie wieder. Folgewirkungen der Krankheit können sich jedoch oft jahrelang bemerkbar machen.

In Jelabuga kontrollierten Ärzte, die unter uns Kriegsgefangenen waren, regelmäßig in kurzen Abständen unsere Kleidung auf Läuse. Die Kleidungsstücke wurden in einer Entlausungsstation großer Hitze ausgesetzt und dadurch die Läuse abgetötet.

Während des Krieges war es bei jeder Reise von der Front in die Heimat vorgeschrieben, eine Bescheinigung über eine erfolgte ›Entlausung‹ vorzulegen. Diese Anordnung hatte zur Folge, daß Fleckfieberfälle in der Heimat nur sehr selten auftraten. Vor allem die grauen Wehrmachtspullover aus Wolle bildeten eine bevorzugte Brutstätte für die Eier (Nissen) dieser Laus. Auf der Suche nach ihnen durchforsteten wir regelmäßig jedes einzelne Kleidungsstück mit größter Gewissenhaftigkeit, knackten die Eier zwischen den Fingernägeln und wuschen uns anschließend sorgfältig die Hände.

Entlausungsstationen wie in Jelabuga waren in den übrigen Gefangenenlagern, so weit mir bekannt, nur selten anzutreffen. Im Lager Tarnovoi, dem ich einige Zeit angehörte, unternahmen wir den Versuch, die Kleidungsstücke in einem Kerosinfaß zu erhitzen, was sich als Fehlschlag erwies: Die Stoffe versengten und zerfielen wie Zunder. Die zerstörten Kleidungsstücke vermißten wir sehr, mit Mühe verschafften wir uns Ersatz.

Das Fleckfieber tritt bei einem sauberen Körper, einer sauberen Kleidung und einer sauberen Umgebung nicht auf. Hygiene ist die beste Vorbeugung. In Jelabuga waren die Voraussetzungen hierfür einigermaßen gegeben: Wir konnten uns regelmäßig gründlich waschen. Dafür gab es Wasser für jeden in einem kleinen Holztrog, den wir uns selbst angefertigt hatten. Dies war jedoch nicht überall der Fall. In anderen Lagern erhielten wir für die Reinigung unseres Körpers täglich – über Wochen hinweg – nur etwas mehr als einen Viertelliter Wasser. Das gesamte Wasser für das Lager mußte in einem pferdebespannten Faßwagen dorthin transportiert werden. Wenn wir im Sommer total verschwitzt von der schweren Tagesarbeit kamen, war kaum Wasser zum Waschen vorhanden.

Das Fleckfieber war um diese Zeit in Rußland landesweit verbreitet und forderte seinen Tribut. Die Dörfer, in denen es auftrat, wurden hermetisch von ihrer Umwelt abgeriegelt. Jeder Reiseverkehr in dieselben oder aus ihnen heraus wurde streng unterbunden. Der Austausch von Gütern erfolgte an den Ortsgrenzen, hier wurden sie abgegeben oder empfangen.

Blickt man in die Geschichte zurück, so wurden dem napoleonischen Heer 1812, als dieses die Memel überschritten hatte und nach Moskau vorrückte, nicht nur in den Schlachten Verluste zugefügt. Ständige Partisanenangriffe und ungenügende Bekleidung bei strenger Kälte forderten viele Opfer. Auch das Fleckfieber führte zu hohen Verlusten bei den Soldaten. Damit trug die Krankheit maßgeblich zur Niederlage Napoleons bei, insbesondere auf dem fluchtartigen Rückzug in die Heimat entfaltete die Seuche ihre verheerende Wirkung. Nur ein ganz geringer Teil der einstmals stolzen französischen Armee erreichte als armseliger, von Krankheit gezeichneter Haufen die Heimat. Napoleon selbst kam nach schneller Schlittenfahrt von Rußland über Dresden wohlbehalten in Paris an.

Deutschland beging beim Angriff auf Rußland im Juni 1941 den gleichen Fehler wie Frankreich im Winter 1812/13. Die Wehrmacht war in keiner Weise auf den früh einsetzenden, strengen Winter vorbereitet. Erfrierungen schwächten die Kampfkraft. Im Reich wurde eine umfangreiche Spendenaktion für warme Kleidung gegen ›General Winter‹ gestartet, mit großem Erfolg bei der Bevölkerung. Die Auswirkungen an der

Front waren jedoch gering, da die Kleidung die Front nur selten erreichte. Neben Erfrierungen forderte im Winter 1942/43 auch das Fleckfieber im Kampf um Stalingrad sowohl auf russischer als auch auf deutscher Seite hohen Tribut.

Neues Lager an falscher Stelle

Nachdem ich meinen ersten freiwilligen Einsatz als Kesselschmied auf der Werft an der Kama hinter mich gebracht hatte und wieder in das Offizierslager Jelabuga zurückgekehrt war, meldete ich mich kurz danach zu einem weiteren Kommando, das ein neues Arbeitslager für deutsche Kriegsgefangene erstellen sollte.

Der Grund für meine freiwillige Meldung war der gleiche wie zuvor: Das Leben im Offizierslager war mir einfach zu eintönig und wirkte auf mich deprimierend. Ich wollte einer sinnvollen Beschäftigung nachgehen, bei der ich mich möglichst frei bewegen konnte.

Als wir – 25 Mann stark – am Bauplatz ankamen, schien die Sonne bei klarem blauem Himmel. Nicht weit gegenüber unserem vorgesehenen Zeltplatz lag ein kleines Dorf. Dazwischen verlief eine Eisenbahnstrecke, häufig befahren, wie wir später feststellen mußten.

Ein Bach mit klarem Wasser floß in der Nähe. Als wir ihn erblickten, freuten wir uns bereits auf die Möglichkeit einer gründlichen Körperwäsche. Im Offizierslager war Wasser äußerst knapp. Frohgemut gingen wir

daran, auf einer weiten Wiesenfläche ein großes Zelt zu
errichten. Für das Gerippe schlugen wir Pfähle in den
Boden, darüber kam die Plane, sorgfältig verankert.
Das Zelt war für Wohnen und Schlafen etwas knapp
bemessen, jedoch die Weite der Umgebung entschä-
digte uns.

Unser Kommandoführer war Leutnant Berenbrock,
der aufgrund seiner hohen Abschußzahl von feindlichen Flugzeugen mit dem Ritterkreuz ausgezeichnet
worden war und in ganz Deutschland Berühmtheit
erlangt hatte. Er genoß das Vertrauen der russischen
Lagerleitung. Gleichwohl wurde auch er, wie das Gros
der deutschen Kriegsgefangenen, erst Ende 1949 aus
der Gefangenschaft entlassen.

Wir gingen sofort an die Arbeit, legten die Standor-
te der einzelnen Bunker fest und begannen mit dem
Erdaushub. Die Arbeit war schwer und anstrengend.
Wir verfügten über keinerlei technische Hilfsmittel,
Hacke und Schaufel waren die einzigen Gerätschaften. Schubkarren für den Erdtransport gab es nicht.
Der Boden wurde durch einfaches Umsetzen bewegt
oder durch Holzpritschen, die jeweils von zwei Mann
getragen wurden. Das vorhandene Bauholz mußte erst
bearbeitet werden.

Kräftige Baumstämme wurden als Säulen in den Erdboden eingegraben, darauf die durchlaufenden Rahmen-
hölzer waagerecht eingezapft. In der Mitte des Bunkers
verlief – um die Dachneigung erhöht – der Firstbalken.
Zwischen diesem und den Rahmenhölzern verlegten

wir die Sparren und fixierten sie auf beiden Seiten. Die Verbindung zwischen den Rahmenhölzern und dem Firstbalken erfolgte nicht durch Nägel, sondern durch Verzahnung, in der Fachsprache der Zimmerer das ›Deutsche Schloß‹ genannt. Ähnliche Verzahnungen mit geringen Abweichungen sind z.B. das ›Russische Schloß‹ und das ›Französische Schloß‹.

Die vorgenannten Arbeiten, die entsprechende fachliche Kenntnisse voraussetzten, wurden zunächst von Bauingenieuren und Architekten ausgeführt, die während ihrer beruflichen Ausbildung ein entsprechendes Praktikum absolviert hatten. Im Laufe der Zeit eigneten sich andere Kameraden, darunter auch ich, die Ausführung dieser Facharbeiten an. Unter anderem lernte ich das Sägen zu zweit mit einer ›Schrotsäge‹, bestehend aus einem in der Mitte verbreiterten Stahlsägeblatt, welches an den Enden jeweils einen auf einer Metallhülse steckenden Holzgriff besitzt. Wichtig ist beim Sägen, sich mit dem Partner auf einen gemeinsamen Takt einzustimmen. Die hier erworbenen Kenntnisse kamen mir später als Brigadier einer Spezialistenbrigade sehr zugute.

Nachstehend einiges über die innere Gestaltung der Unterkunftsbunker: Die Bunker waren circa 35 Meter lang und 6 Meter breit. Von dem in der Mitte des Bunkers verlaufenden Hauptgang zweigten links und rechts 70 Zentimeter breite Quergänge ab. Beiderseits eines Querganges waren zwei untere und darüber zwei obere Pritschen angeordnet. Die als Schlafplatz dienende Pritsche hatte eine Länge von 1 Meter 80 und eine Breite von 70 Zentimetern, belegt mit Rundhölzern von 6 bis 8 Zentimeter Durchmesser. Einem jeden von uns stand somit eine Fläche von 1,26 Quadratmeter zum Schlafen bzw. für den zeitweiligen Aufenthalt zur Verfügung. Hinzu kam die Unterbringung von Kleidung und sonstigen Habseligkeiten. Für letzteres nutzten wir auch das Ende des Querganges.

Dem Kommando war ein russischer Betreuer zugeordnet, den wir jedoch nur etwa alle 14 Tage zu sehen bekamen. Er brachte uns vom Lager Jelabuga die uns zustehenden Nahrungsmittel.

Unsere Ernährung zu verbessern war stets unser Bestreben, der Selbsterhaltungstrieb führte dazu. Viele Häuser im Dorf befanden sich in einem schlechten baulichen Zustand und waren teilweise nach dem Ersten Weltkrieg nicht mehr ausgebessert worden. Durch äußerst rationellen Umgang mit den uns zur Verfügung stehenden Baumaterialien konnten wir einiges einsparen und den Dorfbewohnern anbieten. Meist war es etwas Bauholz, welches einige Kameraden nach Feierabend im Dorf gegen Lebensmittel eintauschten.

Wir lebten in einer ländlichen Gegend. Kartoffeln und Gurken wurden angebaut. Nachts im Mondenschein ernteten wir heimlich einige dieser Feldfrüchte. Um auf dem Weg zu den Äckern nicht gesehen zu werden, nutzten wir jede sich bietende Deckungsmöglichkeit.

Streckenweise robbten wir am Boden, wie Soldaten bei einem Angriff. Mein Partner bei diesen Ausflügen war der ärztliche Betreuer unseres Baukommandos, eigentlich Veterinär von Beruf. Am Ziel angelangt gruben wir die Kartoffeln mit den Händen aus und füllten damit unsere Brotbeutel. Dann ging es wieder zurück zu unserem Zeltplatz. Ungefähr hundert Meter davor vergruben wir unsere ›Beute‹ in Erdlöcher und tarnten sie mit Grassoden. Natürlich waren diese Vorratskammern nach einiger Zeit zu erkennen, denn Erde und Gras wurden von der heißen Sonne getrocknet, sie sackten ein und bildeten eine Kuhle. Doch weder die Arbeiter der Kolchose noch unsere Bewacher, die mit Sicherheit die Vertiefungen bemerkt hatten, nahmen Anstoß daran. Wir wurden jedenfalls nie darauf angesprochen.

Zwei oder drei Mal erlebten wir heftige Unwetter mit Gewitter und Platzregen. Obwohl unser Zelt fachgerecht verankert und verrödelt war, mußten wir es mit aller Kraft festhalten, damit es nicht weggeweht wurde. Danach waren wir völlig durchnäßt und erschöpft.

Gelegentlich fuhren lange Güterzüge voll beladen mit in Deutschland ausgebauten Werksanlagen an uns vorbei. Sie erinnerten mich an das große, von den Leunawerken in Pölitz bei Stettin errichtete Hydrierwerk für die Gewinnung von Treibstoff aus Steinkohle, das ich mit aufgebaut hatte und über das ich bereits berichtet habe. Allerdings war dieses Werk noch während des Krieges stark zerstört worden. Ich glaube nicht, daß ein solches Hydrierwerk in Rußland zu errichten notwendig war, denn unmittelbar nach dem Kriege wurde mit der Erschließung der riesigen Erdölvorkommen an der Wolga im Raume von Kujbyˇsev begonnen.

Der Bau des Lagers schritt unterdessen zügig voran. Im Laufe der Zeit war eine gute fachliche Zusammenarbeit entstanden, ein kameradschaftliches Miteinander hatte sich entwickelt. Die Errichtung des letzten Unterkunftsbunkers erfolgte in wesentlich kürzerer Zeit als die der vorangegangenen. Es war eine reine Routineangelegenheit geworden. Die letzten Feinarbeiten wurden in Angriff genommen, der Erdboden planiert, die Bunker gesäubert. Das Lager machte einen gut gegliederten, ordentlichen und sauberen Eindruck.

Das freie, ungezwungene Leben in der Natur und die zusätzlich beschaffte Ernährung hatten sich trotz der schweren körperlichen Arbeit positiv auf unseren Allgemein- und Gesundheitszustand ausgewirkt. Wir freuten uns auch darüber, daß die Kameraden, welche die gelungene Anlage bewohnen sollten, sich darin halbwegs wohl fühlen würden.

Der Herbst ging vorüber, besonders die Nächte waren schon sehr kalt. Das Zelt war ungeheizt. Wir froren sehr, obwohl wir uns in voller Kleidung zum Schlafen legten. Wir warteten nun doch sehnlichst auf unsere Rückkehr in das Offizierslager Jelabuga, so sehr wir uns auch darüber gefreut hatten, eine längere Auszeit vom eintönigen Lagerleben genommen zu haben. Die

Dinge sollten sich jedoch anders entwickeln, als wir dachten.

Eines Tages erschien eine russische Kommission, besichtigte das fertiggestellte Lager eingehend, ließ sich alles erklären und sprach sich dann äußerst anerkennend über die von uns geleistete Arbeit aus. Was dann folgte, überraschte uns sehr. Wir erfuhren, daß das Lager an einer völlig falschen Stelle errichtet worden sei. Es müsse ein neues Lager etwa gleichen Umfanges in einiger Entfernung erstellt werden. Es sei für Kameraden von uns bestimmt, die beim Bau einer Erschließungsstraße für das Ölgebiet eingesetzt werden sollten. Höchste Eile sei geboten. Es gelte, ein wichtiges Planziel zu erfüllen.

Wir hatten keine Zeit, uns über diese überraschende Entscheidung Gedanken zu machen. Wir mußten schnellstens unsere Sachen packen, alle Arbeitsgeräte einsammeln, auf einen LKW laden und aufsitzen. Und ab ging die Fahrt nach Tarnovoi, dem Standort des neuen Lagers. Für den Erhalt und die Bewachung des bereits erstellten Lagers blieben fünf Mann zurück.

Der LKW, auf dem wir saßen, war ein ›SIS‹, eine russische Automarke, die es in verschiedenen Ausführungen gab. Sie waren für schlechte Wetterverhältnisse konstruiert und durchfuhren nach Regenfällen verschlammte Straßen ebenso mühelos, wie sie im Winter noch Schneehöhen von 40 cm bewältigten.

Lagerbau in Tarnovoi

Wir kamen mit dem ›SIS‹ an, entluden unsere Arbeitsgeräte, richteten uns ein und begannen mit der Arbeit. Es sollte ein Lager mit ähnlichen Dimensionen werden wie das zuvor von uns geschaffene, diesmal jedoch an der richtigen Stelle. Sein Bau gestaltete sich jedoch wesentlich schwieriger als beim Mal zuvor. Es stand keinerlei vorbereitetes Material zur Verfügung, im nahen Wald mußten erst Bäume gefällt und zur Baustelle transportiert werden.

Der Winter begann mit Eis und Schnee, was die Arbeiten naturgemäß behinderte. Zunächst erstellten wir einen Erdbunker. Die hierfür eingesetzten Hölzer mußten zum Teil kantig geschlagen werden. Die Löcher für die Säulen des Baues wurden in mühsamer Arbeit ausgehoben, der Erdboden war in seiner oberen Schicht bereits hart gefroren und mußte mit einer Brechstange aufgelockert werden. Anschließend stellten wir die Säulen in diese Löcher hinein, fixierten ihre Stellung und stampften den Füllboden fest. Für die Wände schälten wir Stämme von geringerem Durchmesser und halbierten sie. Es schneite oft. Solange der Bunker noch nicht eingedeckt war, führten wir während des Schneefalls Nebenarbeiten an einer geschützten Stelle aus.

Nägel waren nicht vorhanden, sie wurden erst angeliefert, als der Rohbau bereits fertiggestellt war. Es ging auch ohne Nägel: Je zwei Mann hielten ein für die Außenwand bestimmtes Halbholz gegen die Säulen, warfen Erdreich dagegen und stampften dieses fest. Bei den Hölzern für das Dach war es etwas einfacher, da sie auf Sparren gelegt werden konnten. Diese insgesamt umständliche Arbeitsweise erforderte einen deutlich höheren Zeitaufwand, als wenn Nägel zur Verfügung gestanden hätten.

Die Arbeiten standen unter großem Zeitdruck, da mit dem Eintreffen der ersten Kameraden gerechnet wurde. Diese sollten ein Dach über dem Kopf haben. An eine normale Arbeitszeit war nicht zu denken, es waren oft zehn Stunden und mehr, nach Sonnenuntergang ging es bei klirrender Kälte im Mondenschein weiter.

Wir schafften es, bis Weihnachten den Bunker ohne Inneneinrichtung fertigzustellen. Am Heiligabend arbeiteten wir bis zur Mittagszeit. Dann tauten wir Schnee auf, wuschen uns gründlich und reinigten unsere Kleidung. Es kam eine entspannte Stimmung auf. Am Nachmittag versammelten wir uns im Bunker und machten es uns auf dem Erdboden bequem. Einige Zeit unterhielten wir uns noch über alltägliche Dinge, bis ein Kamerad, ein evangelischer Geistlicher, mit der Weihnachtsandacht begann. Er band sie in unser Leben hier in der Kriegsgefangenschaft ein. Seinen Ausführungen folgten wir mit ganzem Herzen, sie beeindruckten uns sehr.

Anschließend sangen wir unsere alten deutschen Weihnachtslieder, begleitet von den Klängen unserer selbstgebauten ›Weihnachtsorgel‹. Diese bestand aus eisernen Brechstangen, die in unterschiedlichen Höhen nebeneinander aufgehängt waren und auf die der ›Organist‹ mit einem kleinen Hammer einschlug. Es erscheint kaum glaubhaft, welch eindrucksvoller Klang bei geschickter Handhabung dieses primitiven Musikinstrumentes erzielt werden kann! Nach dem Singen einiger Weihnachtslieder trat eine tiefe Stille ein. Wir waren mit unseren Gedanken bei unseren Lieben daheim, die – davon waren wir überzeugt – das Gleiche taten im Scheine der Kerzen des Christbaumes. Beide Teile hofften auf ein schnelles Wiedersehen. Bis dahin sollten jedoch noch Jahre vergehen. Nach dieser Andacht unterhielten wir uns noch eine Weile, legten uns dann auf den Erdboden und schliefen bald ein.

Nach Weihnachten trafen die erwarteten Kameraden ein. Sie hatten ein Dach über dem Kopf, unser intensiver Arbeitseinsatz hatte sich also gelohnt.

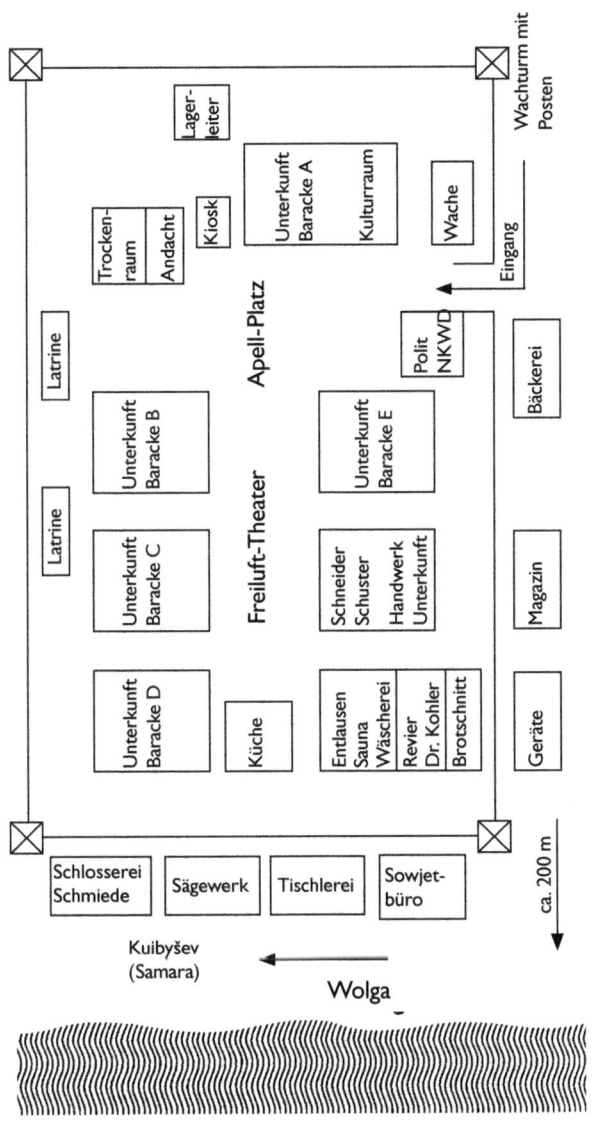

Abb. 11 : Plan des Lagers in Solnoje (erbaut für ca. 1.200 Gefangene zur Erschließung des Ölgebietes an der Wolga)

Lager-leiter

Unterkunft Baracke A

Kulturraum

Wachturm mit Posten

Trocken-raum

Andacht

Kiosk

Wache

Eingang

Apell-Platz

Polit NKWD

Latrine

Unterkunft Baracke B

Unterkunft Baracke E

Bäckerei

Freiluft-Theater

Latrine

Unterkunft Baracke C

Schneider Schuster Handwerk Unterkunft

Magazin

Unterkunft Baracke D

Küche

Entlausen Sauna Wäscherei

Revier Dr. Kohler

Brotschnitt

Geräte

Schlosserei Schmiede

Sägewerk

Tischlerei

Sowjet-büro

ca. 200 m

Kuibyšev (Samara)

Wolga

111

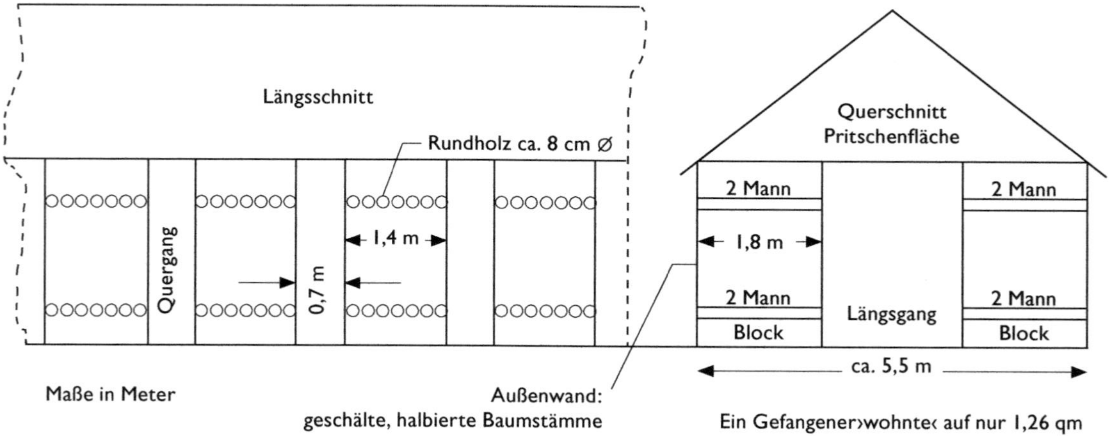

Abb.12 : Schemaskizze Unterkunft

Längsschnitt

Quergang

Maße in Meter

0,7 m

1,4 m

Rundholz ca. 8 cm Ø

Außenwand:
geschälte, halbierte Baumstämme

Die Baracken hatten keine Fenster, Glas war in der UdSSR knapp.
Der Erdbunker in Tarnovoie hatte keine Beleuchtung.
In Solnoje gab es elektrisches Licht, die Bunker konnten beheizt werden.

Querschnitt
Pritschenfläche

Block

2 Mann

1,8 m

2 Mann

Längsgang

2 Mann

Block

2 Mann

ca. 5,5 m

Ein Gefangener›wohnte‹ auf nur 1,26 qm

112

Erstellung weiterer Lager

Unsere Brigade erstellte bis zu unserer Entlassung in die Heimat Ende 1949 noch zwei weitere Lager, ungefähr 300 Kilometer von Tarnovoi entfernt in Solnoje ein großes Hauptlager und etwa ein Jahr später in unmittelbarer Nähe dieses Lagers ein kleines Nebenlager, das nur aus einer Wohnbaracke und einem Nebengebäude bestand, ›Molebnyi owrag‹.

Zunächst ging es mit der Eisenbahn nach Solnoje. Auf der Fahrt dorthin hinterließ die nachstehend geschilderte Szene nicht nur bei uns, sondern auch bei den russischen Fahrgästen einen tiefen Eindruck. Wir saßen in einem Waggon niederer Klasse, die frühe Dämmerung sorgte für diffuses Halbdunkel, da stimmte ein Kamerad mit klarer Stimme das Lied an:

Heimat, deine Sterne,
sie strahlen mir auch am fernen Ort.
Was sie sagen, deute ich ja so gerne
als der Liebe zärtliches Losungswort.
Schöne Abendstunde,
der Himmel ist wie ein Diamant.
Tausend Sterne stehen in der Runde,
von der Liebsten freundlich mir zugesandt.
In der Ferne träum' ich vom Heimatland.

Als er geendet hatte, war es ringsum still. Es wurde

Nacht, wir erreichten unser Ziel und legten uns in einer Ecke des Bahnhofs auf dem Steinboden zum Schlafen nieder.

Am nächsten Tag ging es zum Bauplatz des geplanten Lagers. Wir richteten uns in Zelten für je sechs Mann ein und begannen mit unserer Arbeit.

Wie ich Brigadier der Spezialisten wurde

Während meiner Zugehörigkeit zum Offizierslager Jelabuga waren die von den einzelnen Kommandos erbrachten Arbeitsleistungen ohne Einfluß auf die Verpflegung, eine Entlohnung erfolgte nicht. Dies änderte sich, als wir der russischen Straßenbaugesellschaft V unterstellt wurden. Mehrere Arbeitsbrigaden wurden gebildet, für Handwerker gab es eine Brigade der Spezialisten, die zunächst zwanzig Mann stark war und der ich angehörte. Unser Brigadier war ein äußerst fleißiger und tüchtiger Zimmermann.

Die Leistungen der Brigaden wurden nach dem Erfüllungsgrad festliegender Normen bewertet. Dieser wirkte sich in Form einer Entlohnung und einer zusätzlichen Verpflegung aus, in der Regel ein Kochgeschirrdeckel voll Haferbrei und 200 Gramm Brot. Trotz größter Anstrengungen erreichten wir dieses Ziel nur selten, was jedoch nicht an uns lag. Unsere Leistungen wurden vom russischen Baustellenleiter nicht vollständig erfaßt, zudem besaß das Normierungsbüro nicht die Fachkenntnis, sie richtig zu bewerten. Die Leidtragenden waren wir. Gemeinsam wurde über Möglichkeiten beraten, Abhilfe zu schaffen. Schließlich bat man mich, die Brigade zu übernehmen und alles zu tun, um eine gerechte Arbeitsbewertung zu erreichen. Ich willigte ein, obwohl mir bewußt war, keine leichte Aufgabe übernommen zu haben. Der bisherige Brigadier war sichtlich erleichtert, von seiner Verantwortung entbunden zu sein. Der russische Bauleiter hatte keinerlei Einwände gegen den Wechsel und begrüßte ihn.

Das von der Brigade zu bewältigende Arbeitsprogramm umfaßte die Erstellung von weiteren Lagern für uns Kriegsgefangene einschließlich aller Nebengebäude wie Sanitäts- und Wirtschaftsbaracken, den Aufbau von aus Finnland gelieferten Fertighäusern, die zum Teil ergänzt werden mußten, die Herstellung einer Anlegebrücke für schwere Baumaschinen und den Aufbau einer Steinbrecheranlage einschließlich der Errichtung einer Beschickungsbühne. Ferner wurden Begrenzungspfähle für die Straße hergestellt und gesetzt sowie ein im Erdreich liegender, mit einer dicken Erdschicht bedeckter Bunker gebaut. Letzterer diente zur Aufnahme von Eisblöcken, die im Sommer Milch und Milchprodukte kühlten und so vor dem Verderb schützen sollten. Diese Lebensmittel wurden von den Haushalten nach Bedarf abgeholt.

Um das vorstehend aufgeführte umfangreiche Programm durchführen zu können, wurde die Brigade auf 70 Mann verstärkt, darunter waren wegen des bestehenden Handwerkermangels auch geeignete Nichtfachleute. Zur Optimierung unserer Einsätze gliederte ich die Brigade in drei Unterbrigaden mit je einem Brigadier an der Spitze.

Zu den Leistungen, die außerhalb des fachlichen Aufgabenbereiches der Brigade lagen, aber als selbstverständlich galten, gehörten unter anderem das Herstellen von Geräten für den Lagerarzt.

Mein Hauptaugenmerk legte ich darauf, daß die Handwerker meiner Brigade Qualitätsarbeit leisteten. Die russischen Handwerker stellten eher die Quantität in den Vordergrund, was aus dem maßgeblichen Normsystem resultierte.

Oft entstanden Probleme durch nicht verarbeitungsgerechtes oder fehlendes Material. Für einen Bunker waren z. B. keine Nägel vorhanden. Durch geeignete Verbindungen oder Verzahnungen ging es auch ohne, jedoch war der Zeitaufwand erheblich höher. Als wir mit dem Rohbau des Bunkers fertig waren und mit dem Innenausbau begannen, bei dem vorwiegend Halbhölzer von geringem Durchmesser eingesetzt wurden, kamen die Nägel an; sie waren für die verbliebenden Arbeiten in Länge und Durchmesser viel zu groß, also unbrauchbar.

Was war zu tun? Der Fertigstellungstermin für den Bunker mußte unbedingt eingehalten werden. Einige

entschlossene Kameraden demontierten im Ort freilie-
gende stählerne Lautsprecherleitungen und brachten sie
zum Lager. Wir zerhackten sie längengerecht auf dem
Flachteil einer Kreuzhacke. Als man das Fehlen der Leitungen bemerkte und sie im Lager suchte, waren die
›Nägel‹ längst verarbeitet. Unsere Kameraden konnten
in dem Bunker wohnen.

Zur Brigade gehörten zwei Jugendliche, die man als
Kinder zum Volkssturm eingezogen hatte und die
dann in Kriegsgefangenschaft geraten waren. Von ihnen konnte man keine handwerkliche Normleistung
erwarten. Ich gab sie bei einem fachlich guten Tischlermeister ›in die Lehre‹.

Am Morgen eines jeden Arbeitstages wurden die einzelnen Brigaden nach Empfang ihres Werkzeuges mit
dem LKW zur Baustelle gebracht, sofern diese weit
vom Lager entfernt war. War sie in Lagernähe, ging
es zu Fuß dorthin. Meine Aufgabe bestand darin,
die Arbeitsstätten zu kontrollieren, Anweisungen zu
geben und für Materialnachschub zu sorgen, ein um-
fangreiches Programm. Vier und mehr Stellen waren
anzulaufen, oft mehrmals am Tag. Eine Strecke von
fünfzehn Kilometern und mehr in hügeligem Gelände
und bei Sommertemperaturen von bis zu vierzig Grad
war zurückzulegen. Gelegentlich konnte ich einen für
Materialtransporte bestimmtem LKW benutzen.

Zusammen mit dem russischen Bauleiter wurden am
Vorabend die am nächsten Tag durchzuführenden Auf-

gaben bis in alle Einzelheiten festgelegt. Teilnehmer an diesen Besprechungen waren die Brigadiere und häufig ein Dolmetscher. Die Besprechungen dauerten oft über zwei Stunden. Einige Brigaden benötigten zur Erfüllung ihrer Aufgaben weitere Handwerker. Ich notierte die Namen derjenigen, die sich für die Ausführung dieser Arbeiten am besten eigneten und teilte sie zu. Es wurde oft 21 Uhr, bis alle Fragen geklärt waren.

Dann folgte der schwierigste, jedoch für die Brigade wichtigste Teil meiner Tätigkeit, die schriftliche Erfassung und Auflistung der am Tage geleisteten Arbeiten. Oft kamen dabei dreißig und mehr Positionen zusammen. Ich ermittelte den Normerfüllungswert der Brigade. Da ihre Mitglieder vorwiegend Fachleute waren, lag er fast stets bei über hundert Prozent. Damit war die Zusatzverpflegung gesichert. Jedoch variierten die Leistungen der einzelnen Brigademitglieder zwischen 70 und 130 Prozent. Nur die Mitglieder, deren Leistung über 100 Prozent lag, erhielten einen Geldbetrag ausbezahlt, der dann abgestuft auf die Brigademitglieder verteilt wurde. Natürlich durfte der vorgegebene Gesamtnormsatz der Brigade nicht überschritten werden. Bei 70 Brigademitgliedern und einer Normerfüllung von 102 Prozent betrug er 70 x 102 = 7140 Prozent. Die Geldbeträge wurden monatlich – wenn auch mit Zeitverschiebungen – an die Brigadiere ausgezahlt, die sie dann anteilig an die einzelnen Mitglieder weitergaben.

Als Mitte 1948 die UdSSR Kranke und Bestarbeiter in

die Heimat entließ, war auch ein Zimmermann meiner Spezialistenbrigade darunter. Da er ein guter und fleißiger Handwerker war und seine Normleistung stets übererfüllte, hatte ich ihn entsprechend bewertet. Seine vorzeitige Entlassung kam dennoch völlig unerwartet. Wir freuten uns alle darüber und gratulierten ihm neidlos. Ich bat ihn – wenn irgend möglich – meine Verwandten in Dresden aufzusuchen und sie über mein Leben in der Kriegsgefangenschaft zu informieren. Er tat dies auch.

Für die Rubel, die wir für unsere Arbeit erhielten, konnten wir uns gelegentlich ein Stakan, dies entspricht ungefähr einem Viertelliter, süße oder saure Milch – kisloe, sladkoe moloko – kaufen. Am Eingangstor des Lagers in Solnoje waren stets einige Frauen und Kinder versammelt, die sie anboten. Zur Erläuterung: Die russische Landwirtschaft war auf genossenschaftlicher Basis in Großbetriebe gegliedert. Dadurch sowie durch weitgehende Mechanisierung und Arbeitsteilung sollte die Produktivität gesteigert werden. Einen geringen Anteil des Gesamtgebietes der Kolchose – meist das um die Wohnhäuser gelegene Land – überließ man dem Arbeiter der Kolchose, dem Kolchosnik, zur Eigenbewirtschaftung. In den landwirtschaftlichen Großbetrieben wurde nicht die Arbeitsdauer, sondern die vollbrachte Leistung vergütet. Darunter litt die Arbeitsqualität. Der Kolchosnik pflügte oberflächlich, keine tiefen Furchen, um eine große bearbeitete Fläche vorweisen zu können. Geld war während des Krieges und auch danach sehr knapp. Es gab kaum Rubel, sondern nur von der Kolchose erzeugte Produkte. Das Geld, das wir Kriegsgefangenen für die angebotene Milch zahlten, war deshalb hochbegehrt.

Wie bereits gesagt war die Leistungserfassung meine Abendaufgabe, die meist zu später Stunde im Lager in einem Erdbunker im Scheine einer selbstgebastelten, stets qualmenden Kerosinlampe erfolgte. Meine von der harten Arbeit ermüdeten Kameraden schliefen dann bereits fest auf ihren Pritschen. Es war oft spät in der Nacht, ehe ich mich endlich auf meine Schlafstätte niederlegen konnte. Schlief man nicht in kürzester Zeit ein, verspürte man die Bisse der Erdflöhe, die durch die Kleidung gedrungen waren. Man stand dann auf, ging ins Freie, zog sich völlig aus und schüttelte jedes Kleidungsstück tüchtig durch. Dann ging man in den Erdbunker zurück und legte sich wieder auf die Pritsche. Diese Prozedur erübrigte sich, als wir in Solnoje an der Wolga in Zelten untergebracht waren oder später in Baracken wohnten. Da wiederum bestand die Gefahr von Malariamücken gestochen zu werden. Dazu später noch einige Anmerkungen.

Die Vielzahl der Positionen des von mir erstellten Leistungsnachweises erforderte einen hohen Zeitaufwand für die Normierung der darin enthaltenen Arbeitsvorgänge. Dies führte dazu, daß das russische Normierungsbüro an Stelle der täglichen nurmehr eine wöchentliche und später sogar nur eine monatliche Leistungsvorlage forderte.

Zusammen mit einem Kameraden, einem gebürtigen Esten, der in Deutschland studiert hatte und Oberleutnant der deutschen Wehrmacht war – er beherrschte Russisch in Wort und Schrift vollendet – überprüfte ich die Leistungsunterlagen hinsichtlich ihrer durch das russische Normierungsbüro ermittelten prozentualen Erfüllung genauestens. Jedes Mal stellten wir Abweichungen zu den vorliegenden russischen Normen fest. Ich reklamierte mit Erfolg, die Fehler wurden stets berichtigt. In dieser umständlichen, unnötige Zeit beanspruchenden Verfahrensweise ging es oft hin und her.

Eines Tages forderte mich der russische Baudirektor Jeremenko – sein Spitzname war ›der Geist‹, da er stets überall und nirgends war – auf, meine berechtigten Beanstandungen den Mitarbeitern des Normierungsbüros persönlich vorzutragen. Ein russischer Soldat führte mich zu der etwa drei Kilometer entfernten Bauleitung. Die Belegschaft des gesamten Büros versammelte sich um mich herum. Ich wies auf einige gravierende Fehler in den Berechnungen hin. Der Baudirektor stand daneben, hörte aufmerksam zu und freute sich, daß ich seine Mitarbeiter berechtigt kritisierte. Am Schluß sagte er: ›Die schwierige Arbeit der Normierung der Leistungen Ihrer Brigade beherrschen Sie besser als meine Leute. Tun Sie dies in Zukunft selbst. Ich bin sicher, daß Sie dies korrekt durchführen werden.‹ Einen solchen Vertrauensbeweis hatte ich nicht erwartet. Er überraschte und verpflichtete mich zugleich.

Die von mir geleitete Brigade der Spezialisten rekrutierte sich vorwiegend aus Architekten, Ingenieuren, Handwerksmeistern und -gesellen. Sie hatten eine Ausbildung absolviert, die sie in die Lage versetzte, die in ihrem Fachbereich liegenden Arbeiten sachgemäß auszuführen und die dafür geltenden Normwerte zu erfüllen. Sie bemühten sich auch, die Erfüllung der Normwerte zu schaffen, weil sich dies letzlich positiv auf die Erhaltung ihrer Gesundheit auswirkte. Der nicht sehr hohe Geldbetrag, den sie ausbezahlt erhielten, versetzte sie in die Lage, sich zusätzlich einige Lebensmittel zu kaufen.

Die Kameraden, die beim Straßenbau eingesetzt waren, planierten die Straßentrasse. Sie sorgten für das Be- und Entladen des Schottergesteins aus dem Steinbruch und verteilten es im Straßenbett. Sie waren diese einfachen, jedoch in Anbetracht ihres geschwächten Allgemeinzustandes sehr anstrengenden Arbeiten nicht gewöhnt. Sie wußten, daß sie die Normerfüllung nicht schaffen würden, woraus eine weitgehende Interesselosigkeit am Fortgang ihrer Arbeit resultierte. Sie legten häufig Arbeitspausen ein, stützten dann den Kopf auf den Schaufelstiel und schauten mit leerem Blick in die Ferne, mit ihren Gedanken bei ihren Angehörigen in der Heimat.

Ähnliches hatte ich – wie oben beschrieben – schon einige Jahre zuvor beim Aufbau des Leunawerkes in

Pölitz bei Stettin beobachtet. Dort waren französische Kriegsgefangene für vergleichbare Arbeiten eingesetzt worden.

Russische Geschichte und ›Kalter Krieg‹

Gönnen wir uns einen kurzen Blick in die Geschichte: Nach der völligen Besetzung Deutschlands durch die alliierten Truppen trat am 9. Mai 1945 um Mitternacht die Gesamtkapitulation der Großdeutschen Wehrmacht in Kraft. Deutschland wurde in vier Besatzungszonen aufgeteilt und unter Verwaltung eines alliierten Kontrollrats gestellt. Berlin wurde in vier Sektoren gegliedert und einer Viermächtekontrolle unterstellt. Millionen deutscher Soldaten befanden sich als Kriegsgefangene in den Siegerstaaten. In der UdSSR waren es circa 3 Millionen deutsche Kriegsgefangene, 1/3 davon dürfte noch während des Krieges bzw. bei Kriegsende gestorben sein. Etliche starben in der Zeit ihrer Kriegsgefangenschaft, der Rest kehrte Jahre später, oft gesundheitlich schwer geschädigt, in die Heimat zurück.

Nach der Zerschlagung des gemeinsamen Feindes ›Großdeutschland‹ traten die schon zuvor existenten Gegensätze zwischen dem kommunistisch regierten Osten mit den Zielen Weltrevolution und Planwirtschaft sowie dem Westen, der den Prinzipien des Kapitalismus und der freien Marktwirtschaft huldigt, immer stärker zu Tage. Der ›Kalte Krieg‹ begann. 1947 konnten sich die Außenminister der Siegerstaaten weder auf der Moskauer noch auf der Londoner Konferenz über das Deutschland-Problem einigen. Man trennte sich zerstritten. Nur in einem Punkt war man gemeinsamer Auffassung: Alle deutschen Kriegsgefangenen sollten bis Ende 1948 in ihre Heimat entlassen werden. An diesen für Deutschland sehr wichtigen Punkt – es brauchte seine Heimkehrer für den Wiederaufbau des Landes und seiner Industrie – hat sich die UdSSR nur bedingt gehalten.

Bis zu diesem Zeitpunkt wurden von ihr kranke, nicht mehr arbeitsfähige Gefangene und in geringem Maße solche, die die festgelegten Normen für die ihnen übertragenen Arbeiten wesentlich übererfüllt hatten und damit Vorbild und Anreiz zugleich waren, in die Heimat entlassen. Das Gros der deutschen Kriegsgefangenen sah Deutschland erst 1949 wieder. Der dann noch in russischer Gefangenschaft verbliebene Rest rekrutierte sich vorwiegend aus Gefangenen, die nach unserem juristischen Verständnis aus willkürlichen oder nichtigen Gründen in Schnellverfahren zu langjährigen Strafen verurteilt worden waren. 1955 erreichte Konrad Adenauer bei einem Staatsbesuch Moskaus zur Aufnahme diplomatischer Beziehungen zwischen der UdSSR und der Bundesrepublik Deutschland die Entlassung der letzten von der Sowjetunion noch zurückgehaltenen Kriegsgefangenen. Als Gegenleistung tolerierte die Bundesrepublik Deutschland die Deutsche Demokratische

Republik als selbständigen Staat. Dies war zehn Jahre nach der Kapitulation Deutschlands.

Nun einige Ausführungen zur geschichtlichen Entwicklung Rußlands, des Zarenreichs sowie der späteren UdSSR, der Union der Sozialistischen Sowjetrepubliken bis 1991. Es war ein Staat, in welchem Europa und Asien sich begegneten, mit einer Vielzahl von Nationen mit eigenen Sprachen, ein offenes Land, das den Einflüssen der angrenzenden Nachbarn in Friedens- wie in Kriegszeiten ausgesetzt war.

Rußland war schon immer ein Vielvölkerstaat. Die Herrscher Rußlands führten ab 1547 den Titel ›Zar‹ (von lateinisch ›Caesar‹), den zuvor bereits die Könige von Bulgarien und Serbien innehatten, und regierten das Land autokratisch, d.h. in unumschränkter Alleinherrschaft. Zar Peter der Große (1685–1725) richtete seinen Regierungsstil bereits nach westlichem Vorbild aus.

Der Thronfolger Peter II. heiratete 1745 die Prinzessin Sophia Friederike Augusta von Anhalt-Zerbst, die am 2. Mai 1729 als Tochter des Generalgouverneurs von Stettin, Fürst August von Anhalt-Zerbst, geboren wurde. Nach der Ermordung ihres Mannes wurde sie 1762 Zarin von Rußland: Katharina die Große. Sie war eine Vertreterin des aufgeklärten Absolutismus und führte in den Bereichen Verwaltung, Recht und Schulwesen grundlegende Reformen durch. Sie warb um Einwanderer aus Deutschland und siedelte diese im Bereich der Wolga an. Nachdem Rußland 1814 die

Franzosen und ihre Verbündeten vernichtend geschlagen hatte, wurde es als Großmacht anerkannt. Nikolaus II. führte als letzter russischer Herrscher den Titel ›Zar‹. Er wurde im März 1917 gestürzt und mit seiner gesamten Familie umgebracht. 370 Jahre lang hatten die Zaren ihre Herrschaft über Rußland ausgeübt, 69 Jahre lang – bis 1991 – hatte anschließend die 1922 von Lenin gegründete UdSSR Bestand.

Als sich das Ende der Zarenherrschaft vollzog, wütete der Erste Weltkrieg, der durch die Ermordung des österreichischen Thronfolgers Erzherzog Franz Ferdinand in Sarajewo in Serbien am 28. Juni 1914 ausgelöst worden war. Die daraus resultierende Kriegserklärung Österreich-Ungarns an Serbien erfolgte erst über vier Wochen später. Hätte Österreich-Ungarn sofort Vergeltung geübt, wäre der Konflikt möglicherweise lokalisiert geblieben und hätte sich nicht zum Ersten Weltkrieg ausgeweitet. Diese Ansicht vertritt z. B. Professor Wilhelm Mommsen, Universität Marburg, in seinem Buch ›Politische Geschichte 1850–1933‹. Die Kriegserklärung Österreich-Ungarns an Serbien veranlaßte den zunächst noch widerstrebenden russischen Zaren zur Mobilmachung am 30. Juli 1914. Am 1. August 1914 ordnete auch Deutschland – gebunden durch seine Bündnisverpflichtungen an Österreich-Ungarn – die Generalmobilmachung an und erklärte Rußland den Krieg. So standen sich die Mittelmächte, Österreich-Ungarn, Deutschland und die Türkei auf der einen und das Zarenreich Rußland, das sich hinter Serbien stellte, auf der anderen Seite als Kriegsgegner gegenüber.

Die deutschen Generalfeldmarschälle von Hindenburg und von Ludendorf schlugen vom 26. bis 31. August 1914 in der Schlacht von Tannenberg eine der russischen Armeen vernichtend, obgleich die deutschen Truppen zahlenmäßig unterlegen waren. Der Einfall der Russen in Ostpreußen wurde im Februar 1915 in der Winterschlacht in den Masuren beendet, es kam zur endgültigen Befreiung Ostpreußens.

Nach dem Sturz des Zaren folgte zunächst eine bürgerliche Republik unter Kerenski. Sie hatte einige militärische Erfolge zu verzeichnen, aber das russische Volk sehnte sich nach Frieden. Die bürgerliche Regierung brach zusammen und die Bolschewiki kamen an die Macht. Am 3. März 1918 kam es zwischen Deutschland/Österreich-Ungarn auf der einen und Rußland auf der anderen Seite zum Friedensschluß von Brest-Litowsk. Dieser sah unter anderem vor, daß Finnland und die Ukraine selbständige Staaten werden und die UdSSR auf Polen, Litauen, Estland, Livland und Kurland verzichten sollte. Lenin, der u. a. Trotzki als Vertreter der UdSSR entsandt hatte, nahm diese Bedingungen an.

Nach dem Waffenstillstandsangebot der Deutschen am 3./4. Oktober 1918 an den amerikanischen Präsidenten

Wilson kam es an der Westfront im Wald von Compiègne in einem Eisenbahnwaggon zur Waffenstillstandsvereinbarung vom 11. November 1918, die Deutschland – einer Kapitulation gleich – nach Maßgabe eines ihm aufgegebenen 14-Punkte-Programmes annehmen mußte. Die Entente, das Bündnis der Westmächte, hatte auch die Annullierung des Friedenschlusses von Brest-Litowsk gefordert: In einer Zusatzvereinbarung erklärte Deutschland daher den Verzicht auf die Friedensverträge von Brest-Litowsk. Lenin gewann in Bezug auf die ›Verzichtsgebiete‹ wieder freie Hand und war an die Vereinbarungen vom 3. März 1918 nicht mehr gebunden.

Wladimir Iljitsch Lenin war Führer der Bolschewiki. Er hatte von 1897–1900 in sibirischer Verbannung gelebt und emigrierte danach in die Schweiz und nach England. Nach der Revolution von 1905 ging er wieder ins Exil, aus dem er 1917 mit deutscher Hilfe nach Rußland zurückkehrte. Dort nach der Oktoberrevolution an die Macht gelangt, setzte Lenin die Ziele des Bolschewismus gegen oppositionelle Kräfte mit aller Härte durch. Rußland wurde nach den Grundideen des Marxismus vom Kommunismus beherrscht, der nach der Niederringung des Kapitalismus eine klassenlose Gesellschaft, die Dikatur des Proletariats, anstrebte. Die KPdSU (Kommunistische Partei der Sowjetunion) war Zentrum des Weltkommunismus.

Lenin starb am 21. Januar 1924 und wurde im Lenin-

Mausoleum auf dem Roten Platz in Moskau beigesetzt. Ihm zu Ehren hatte St. Petersburg von 1924–1991 den Namen Leningrad.

Als Nachfolger Lenins stieg Josef Stalin, vor dessen Machtfülle Lenin noch kurz vor seinem Tod gewarnt hatte, zum Alleinherrscher und Führer der UdSSR auf. Rücksichtslose Liquidierung aller oppositioneller Kräfte und Verbannung (und anschließende Ermordung) ehemaliger Weggefährten prägten seine 1929 (zu seinem 50. Geburtstag) ausgerufene autokratische Diktatur. Trotzki, der die These permanenter Revolution vertreten hatte, wies er außer Landes und ließ ihn 1940 in Mexiko ermorden. Stalin begann durch Fünfjahrespläne ab 1928 die UdSSR in einen modernen Industriestaat umzuwandeln. Trotzkis Lehre hatte Stalin die Theorie vom ›Aufbau des Sozialismus in einem Land‹, d. h. aus eigener Kraft und ohne Unterstützung durch die hochentwikkelten westlichen Länder, entgegengesetzt und durch die von ihm so benannte ›Revolution von oben‹ – auf Initiative der Staatsmacht mit direkter Unterstützung durch das Proletariat – umgesetzt. Stalin vereinfachte die Lehren des Marxismus-Leninismus und pflegte den russischen Patriotismus, die Liebe zum Vaterland, der ›Heimat der Werktätigen‹.

Durch den von ihm massiv geförderten Aufbau der Schwerindustrie durch Erschließung neuer Kohle- und Erzgruben im Ural, in Mittelasien und in Sibirien und durch Errichtung von Industriekombinaten war es

Stalin nach dem ohne Kriegserklärung Hitlers erfolgten Angriff auf die UDSSR am 22. Juni 1941 möglich, nach den deutschen Anfangserfolgen in beeindruckend kurzer Zeit eine Fülle zwischenzeitlich produzierten Kriegsgeräts (Panzer, Geschütze, Lkw etc.) verfügbar zu haben, so daß damit, wie auch durch die Massen der für den ›Großen Vaterländischen Krieg‹ rekrutierten Soldaten, sowohl der russische Sieg von Stalingrad um die Jahreswende 1942/43 als auch der sich anschließende Zusammenbruch der deutschen Ostfront vorprogrammiert waren. Nicht nur die zahlenmäßige Überlegenheit der u. a. durch frische sibirische Kampfeinheiten eingesetzten russischen Waffensysteme spielte hierbei eine Rolle, sondern auch deren Qualität: Das von eindringlichem Heulton begleitete, auf fahrbaren Lafetten in Serie abfeuerbare Geschütz, die gefürchtete ›Stalinorgel‹, die robusten und wendigen Panzer T 34 und die unverwüstlichen Lkws ›SIS‹ waren Beispiele herausragender Erzeugnisse der russischen Schwer- und Waffenindustrie.

Fraglich ist, ob Hitler sich von seinem furchtbaren Entschluß, in Rußland einzufallen und damit viele Millionen Menschenleben aufs Spiel zu setzen, hätte abhalten lassen, wenn er zuvor umfassend über die von Stalin ins Leben gerufenen Fünfjahrespläne und das Aufblühen der russischen Schwerindustrie informiert worden wäre. Rußland war bereits zu Beginn des ›Unternehmens Barbarossa‹ (Deckname des Rußlandfeldzugs) nicht mehr der industriell unterentwickelte Bauernstaat, von dem Hitler fälschlicherweise ausgegangen war.

Nach dem Zweiten Weltkrieg gliederte sich die UdSSR in die Russische Sozialistische Föderative Sowjetrepublik (RSFSR) und in 14 Unionsrepubliken: Ukraine, Weißrußland, Usbekistan, Kasachstan, Georgien, Aserbaidschan, Litauen, Estland, Kirgistan, Tadschikistan, Armenien, Turkmenistan, Moldau und Lettland. Außerdem waren ihr 20 autonome Republiken, acht autonome Gebiete und zehn autonome Distrikte zugeordnet.

Die russischen Verluste an Menschenleben im Zweiten Weltkrieg dürften bei etwa 25 Millionen gelegen haben. Die verbliebene Einwohnerzahl wurde durch die Menschen aus den integrierten Gebieten wieder etwas höher. Der Hauptanteil der Gesamtbevölkerung, etwa 50 Prozent, wohnte in der Russischen Sozialistischen Föderativen Sowjetrepublik, ein Fünftel in der Ukraine. Die Gesamtfläche der UdSSR betrug circa 22,4 Millionen Quadratkilometer. Die Bevölkerungsdichte lag bei 10–13 Einwohner pro Quadratkilometer. Die Bundesrepublik Deutschland und die DDR hatten zusammen bei 357 042 Quadratkilometer rund 80 Millionen Einwohner, das sind 224 Einwohner pro Quadratkilometer.

Vergleicht man die UdSSR und die USA in den wichtigsten Positionen, so schneidet erstere bei nahezu allen

wesentlich ungünstiger ab, zum einen wegen der Verluste von circa 25 Millionen Menschen während des Zweiten Weltkrieges, zum anderen wegen der Zerstörungen
von Land und Industrie. Nach dem Kriege dürfte ein
russischer Kolchosnik etwa 2,5 Durchschnittsfamilien
ernährt haben, ein amerikanischer Farmer dagegen fünf.
Dadurch lag auch die Zahl der Arbeitskräfte, die in der
UdSSR in der Industrie eingesetzt werden konnten,
erheblich niedriger. Insgesamt war die Ernährungslage
in der UdSSR nach dem Kriege äußerst schlecht. Die
in den USA erstellten Maschinen besaßen eine größere
technische Perfektion und damit verbunden eine ratio-
nellere Arbeitsweise, ihre Leistungskapazität lag viermal
höher als die der technisch veralteten russischen Geräte.
Zur Verbesserung dieses Ungleichverhältnisses waren
auf russischer Seite erhebliche Anstrengungen unum-
gänglich.

Dazu fällt mir ein Gespräch ein, welches ich 1948 in
Kujbyšev geführt hatte. Ich traf dort eine deutsche Frau,
die in Deutschland hergestellte Perlonstrümpfe gegen
Lebensmittel eintauschte. Sie berichtete mir, daß sie
aus Dessau (in der damaligen sowjetischen Besatzungs-
zone) stamme, wo ihr Mann bei den Junkers-Werken
gearbeitet habe. Eines Tages sei dort eine Kommission
erschienen, die ihren Mann für die Flugmotorenwerke
in Kujbyšev verpflichtet habe. Alles sei in größter Eile
vollzogen worden. Man habe ihnen nicht einmal genügend Zeit eingeräumt, wichtige Gebrauchsgegenstän-
de oder auch einige Lebensmittel mitzunehmen. Man

habe ihnen erklärte, dies sei überhaupt nicht nötig, in Rußland gebe es alles. Dies – so sagte sie – treffe jedoch in keiner Weise zu.

Später hörte ich, daß der Einsatz deutscher Fachkräfte zu einer wesentlichen Steigerung der Produktionsqualität und -quantität dieses Werkes wie auch anderer Werke geführt hatte.

In den während des Krieges von der Deutschen Wehrmacht und ihren Verbündeten eroberten Gebieten wurden vor allem die Industriezentren, zum Beispiel Dnepropetrovsk in der Ukraine und das wohl wichtigste Rüstungszentrum der UdSSR, Stalingrad, zerstört. Mit dem Untergang der 6. Armee in Stalingrad war die Wende des Zweiten Weltkrieges eingeleitet. Nachfolgend dazu einige Anmerkungen:

Nach äußerst erbittert geführten Kämpfen im Herbst 1942 in der Stalingrader Nordstadt waren von den deutschen Einheiten eine Geschützfabrik, ein Traktorenwerk sowie eine metallurgische Anlage zerstört und eingenommen worden. In dieses Gebiet zog sich Ende 1942/ Anfang 1943 die 6. Armee zurück und wurde dort von den russischen Verbänden eingekesselt. Ein Ausbruch aus dem Kessel wäre zu Anfang unter tragbaren Verlusten noch möglich gewesen. Hitler jedoch, dem dieser Plan wiederholt eindringlich vorgeschlagen und der über die andernfalls aussichtlose Lage umfassend informiert worden war, lehnte kategorisch ab.

Die Gründe waren verschiedener Art. Sicher ist, daß Hitler die eigene Stärke über- und die des Gegners unterschätzte. Er stützte sich insbesondere auf die Zusicherung Görings, die deutsche Luftwaffe sei in der Lage, die Eingekesselten ausreichend mit Verpflegung, Waffen und Munition zu versorgen. Dies traf nicht zu. Die Lage der 6. Armee war desolat. Dennoch wurde ein russisches Angebot einer ehrenvollen Kapitulation abgelehnt. Die Luftwaffe schaffte es bis zum 24. Januar 1943, etwa 42 000 Mann aus dem Kessel auszufliegen, es handelte sich überwiegend um Verwundete und um anderen Orts gebrauchte Spezialisten.

In der letzten Phase der Schlacht bis zum 2. Februar 1943 gingen cirka 90.000 Deutsche in Kriegsgefangenschaft. Ein sehr großer Teil von Ihnen erlag dem Fleckfieber, Zehntausende starben auf wochenlangen winterlichen Transporten nach Sibirien oder kamen in Waldlagern und Bergwerken um. Bis zum Jahre 1956 kehrten insgesamt lediglich 6000 Mann, von denen die in Stalingrad gekämpft hatten, in die deutsche Heimat zurück.

Im Offizierslager Jelabuga befand sich ein großer Teil der Offiziere, die Stalingrad überlebt hatten. Ihr Gesundheitszustand war schlecht, viele waren vom Fleckfieber gezeichnet. Im Gespräch mit ihnen erfuhr ich einige erschütternde Einzelheiten über die letzten Tage in Stalingrad. Es hatte eine unvorstellbare Verzweiflung geherrscht, viele begingen Selbstmord, manche sprengten sich zusammen mit Kameraden in die Luft. Es muß grauenvoll gewesen sein.

In der Heimat kaschierte man die entscheidende Niederlage von Stalingrad. Ein Lied kam auf:

Es geht alles vorüber, es geht alles vorbei,
auf einen Dezember folgt wieder ein Mai.

Einen Mai des Aufstieges erlebte das Dritte Reich nicht mehr. Es ging stetig abwärts bis zur Kapitulation am 8. Mai 1945.

Stalingrad hieß bis 1925 Zarizyn, im Jahre 1961, acht Jahre nach dem Tode Stalins, wurde es in Wolgograd umbenannt. Wegen seiner schicksalhaften Bedeutung für die sechste Armee und den damit verbundenen Niedergang von Hitlerdeutschland wird die Stadt auch weiterhin als Stalingrad in Erinnerung bleiben.

Als Folge der geschilderten Situation bei Landwirtschaft und Industrie in der UdSSR ergab sich zwangsläufig, daß die Fertigung von Gebrauchsgütern nachrangig war, die Quote lag nur etwa bei 10 Prozent derjenigen der USA.

Um mit den wirtschaftlich florierenden USA jedenfalls ansatzweise Schritt halten zu können, benötigte die UdSSR für den Wiederauf- und Erweiterungsbau von Landwirtschaft und Industrie Millionen an

Arbeitskräften. Der große Verlust an Menschenleben infolge des Zweiten Weltkrieges wurde dadurch deutlich vor Augen geführt, daß in den Dörfern unter den männlichen Einwohnern entweder nur Jugendliche oder nur Ältere über 50 Jahre anzutreffen waren. Die dazwischenliegenden Jahrgänge waren im Krieg gefallen oder aber standen in Diensten der Armee.

Billige Arbeitskräfte für den Staat waren auch die Millionen Strafgefangenen. Für unsere Begriffe war das durch russische Gerichte selbst bei kleinen Gesetzesverstößen verhängte Strafmaß unverhältnismäßig hoch. Schon der Diebstahl einiger Feldfrüchte, zum Beispiel Tomaten von einem Kolchosfeld (sozialistisches Staatseigentum), wurde mit mehrjähriger Freiheitsstrafe geahndet.

Zur Steigerung der Arbeitsleistung war ein System (ähnlich dem im deutschen Handwerk bekannten Akkordsystem) entwickelt worden, welches für jeden Arbeitsgang eine Norm entsprechend einer Leistung von einhundert Prozent vorsah. Sie zu erfüllen war Ehrensache, auch wenn es den vollen Einsatz der eigenen Arbeitskraft erforderte. Erst bei einer darüber liegenden Arbeitsleistung gab es einen ausreichenden Lohn und für uns Kriegsgefangene eine Zusatzverpflegung.

Vorbild und Namensgeber für dieses System war der russische Bergarbeiter Stachanow. Er übererfüllte seine Arbeitsleistungen stets in hohem Maße. Er war ein ›Held der Arbeit‹. Ihm zu Ehren gab es den ›Stachanow-Tag‹, an dem besonders fleißige Arbeiter der Kolchosen und Industriebetriebe ausgezeichnet und geehrt wurden. An diesem Tag gab es zudem für die ›Helden der Arbeit‹ ein großes Festessen.

In Rußland galt die Arbeit als Sache des ›Ruhmes‹, der ›Ehre‹ und des ›wahren Heldentums‹. So stand es auch auf einem Holzschild über dem Eingang des Kriegsgefangenenlagers in Solnoje an der Wolga, dem ich 1948 angehörte. Kriegsgefangene arbeiteten hier für die russische Straßenbaugesellschaft V, die damit beauftragt war, das riesige Erdölgebiet an der Wolga zu erschließen.

Auch für russische Strafgefangene galt das Leistungsprinzip. Bei Übererfüllung der Norm für die jeweilige Arbeit, die sie ausführten – meist einfache Erdarbeiten –, wurde ihnen ein Teil der Strafe erlassen, zu welcher das Gericht sie verurteilt hatte. Ein guter Arbeiter konnte auf diese Weise seine Strafe halbieren.

Gesteckte Planziele mußten erfüllt werden. Um die Motivation zu verstärken, kam es zu Wettkämpfen zwischen den einzelnen Arbeitsbrigaden (s. Abb. 13). Auf einer einberufenen Versammlung verpflichtete sich die Brigade IV, ihren Monatsplan mit 120 Prozent zu erfüllen. Dies war der Brigade V entschieden zu wenig. Nicht 120 Prozent, sondern mindestens 150 Prozent sollen es sein, verkündete deren Brigadier herausfordernd. Ein entsprechendes Abkommen wurde feierlich unterzeichnet.

Ging es um die Erfüllung eines größeren wichtigen Planziels und war dessen Fertigstellungstermin gefährdet, so wurden sogenannte ›Sturmtage‹ eingelegt. Alle verfügbaren Arbeitskräfte standen bereit, selbst diejenigen aus dem Büro. Man versammelte sich am Morgen zum Arbeitsbeginn und stellte oft fest, daß nicht genügend Arbeitsgeräte vorhanden waren. Jedoch half man sich in irgendeiner Weise. Der russische Arbeiter ist Meister im Improvisieren.

Abb. 13 : Wettkämpfe der Arbeitsbrigaden

Ein Fertighaus wird ›entwendet‹

Nachstehend geschilderter Vorfall ereignete sich im Winter 1948/49 im Bereich von Solnoje an der Wolga. Fertighäuser aus Finnland waren angeliefert worden. Zwischen der UdSSR und Finnland bestand zu dieser Zeit ein Freundschafts- und Beistandspakt. Holz und Holzprodukte sind vorrangige Ausfuhrgüter Finnlands. Die Fertighäuser sollten im Rahmen der Erschließung des Ölgebietes an der Wolga in der tatarstanischen Republik Verwendung finden.

Ein mit den Holzhäusern beladenes Schiff machte in der Nähe des Lagers am Flußufer fest. Seine Ladung wurde gelöscht und über eine Strecke von über hundert Metern in willkürlichen Stapeln ohne die geringste Ordnung verteilt. Die Entladung erfolgte zudem unvollständig, da das Schiff einen weiteren Hafen pünktlich anlaufen mußte. Wahrscheinlich handelte es sich dabei um einen sogenannten Winterhafen – die Schiffe mußten in einem solchen kurz vor Winterbeginn vor Anker gehen. Der Winter in Rußland ist hart, der Schiffsverkehr ruht. Die zugefrorenen Flüsse bilden jedoch gute Verkehrswege für Schlitten und Lastkraftwagen.

Einem meiner Kameraden, von Beruf Architekt, kam die schwierige Aufgabe zu, in diesem Wirrwarr von Fertighausbauteilen Ordnung zu schaffen und ohne jede Planunterlage das Material hausweise zu sortieren. Ihm wurde lediglich eine Anzahl wolgadeutscher Frauen zugeteilt, die sich bei den ihnen zugewiesenen

Sortierarbeiten aber als recht geschickt erwiesen. Die Familien dieser Frauen waren unter Zarin Katharina II. nach Rußland geholt worden. Stalin trennte die Familien 1941 unmittelbar nach Ausbruch des Krieges. Dabei blieben die Frauen überwiegend an der Wolga, die Männer wurden in der Regel nach Kasachstan deportiert. Mit Hilfe dieser Frauen gelang es meinem Kameraden, seine Aufgabe zu erfüllen.

Wochen später beauftragte mich der Bauleiter Sabilla von der Straßenbaugesellschaft V, Material für ein Fertighaus zum Lager zu bringen. Hierfür wurden mir einige Mann zugeteilt. Für den Transport nahmen wir einen der von uns gebauten 15 Meter langen Holzschlitten, welcher von einem Traktor mit einem unserer Kameraden als Fahrer gezogen wurde. Die Fahrt ging entlang der Wolga zum Stapelplatz der oben erwähnten Finnenhäuser, am Schluß ging es die Uferböschung steil hinab. Rasch waren Bretter und Balken aufgeladen und festgezurrt.

Wir waren gerade mit dieser Arbeit fertig, als der russische Aufseher laut schimpfend über den Lagerplatz auf uns zugelaufen kam. Er nannte uns Gauner und Diebe und forderte uns auf, den Schlitten sofort wieder zu entladen. Wir taten dies jedoch nicht, sondern verwiesen auf unseren Auftrag und setzten den Traktor mit dem Schlitten die Uferböschung hinauf in Bewegung. Dabei rutschte die Ladung nach hinten weg, sie war offenbar ungenügend befestigt. Der ›Towarischtsch‹ (Genosse) triumphierte und zeigte auf unser Koppelschloß, auf welchem eingraviert war ›Gott mit uns‹.

Der Traktorist fuhr etwas zurück, Bretter und Balken schoben sich dabei von selbst wieder in die alte Lage. Wir sprangen ab und erneuerten die Befestigungen. Der Aufseher stand daneben und schimpfte weiter. Wir ließen uns davon nicht beeindrucken und fuhren Richtung Lager. Dabei rief der Traktorist dem Aufseher lachend und auf sein Koppelschloß zeigend zu: ›Gott mit uns‹. Wir kamen mit der Ladung unversehrt im Lager an. Ich informierte den Ingenieur über unser Erlebnis mit dem Aufseher. Er hörte aufmerksam zu und grinste breit über das ganze Gesicht. Dabei drehte er geschickt einen Papiertrichter, füllte ihn mit Machorka – Nicotiana rustica –, einem Rundblatt-Tabak, zündete die Zigarette an und rauchte sie genüßlich.

Kulturelle Veranstaltungen

Im Jahr 1948 schuf die russische Lagerleitung in Solnoje die Voraussetzungen für kulturelle Veranstaltungen mit Darstellern aus unseren Reihen. Ich erhielt den Auftrag für diese Zwecke mit meiner Brigade eine besondere Baracke zu erstellen, in den Außenabmessungen unserer Unterkunft entsprechend. Um Platz für die Bühne sowie einen allseitig guten Blick der Zuschauer auf diese zu erhalten, verzichteten wir auf einige Säulen in der Mitte der Baracke. Die dazu erforderliche Statik, die gar nicht einfach zu berechnen war, erstellten wir gemeinsam mit dem russischen Baudirektor.

Da wir alle ein großes Interesse daran hatten, in den Genuß künstlerischer Darbietungen zu gelangen, war die Baracke in sehr kurzer Zeit fertiggestellt. Es bildete sich eine Crew von niveauvollen Darstellern, denn wir hatten namhafte Schauspieler, Sänger und Musiker in unseren Reihen. Die benötigten Musikinstrumente, zum Beispiel Geigen, fertigten wir zum großen Teil selbst an.

Alle freuten sich auf die Veranstaltungen, auch die russische Lagerleitung und die Mitglieder der Straßenbaugesellschaft V. Sie waren stets ein großer Erfolg. Eingangs einer Veranstaltung wurde das Lied ›Brüder in Zechen und Gruben‹ von uns vorgetragen, die russischen Zuhörer summten die ihnen bekannte Melodie mit. Sie freuten sich sehr, als einer unserer Sänger mit sehr guter Stimme das zum 450-jährigen Bestehen Moskaus komponierte Lied ›Nach Moskau, nach Moskau, laßt uns nach Moskau marschieren ...‹ (›Na Moskwu, na Moskwu, mi pojdjöm na Moskwu ...‹) vortrug. Dies war 1948, im Jahre 1998 feierte Moskau sein 500-jähriges Bestehen.

In veranstaltungsfreier Zeit wurde die Baracke zu den verschiedensten Zwecken genutzt: In einer Ecke arbeiteten Tischler, in der anderen probten Sänger die Operette ›Im weißen Rössl am Wolfgangsee‹, mittendrin sezierte Lagerarzt Dr. Kohler hinter einem Vorhang eine Leiche.

Jeder Tote im Lager wurde seziert. Als einmal ein Kamerad an den Folgen eines tragischen Unfalls gestorben war, ließ ich von einem Tischlermeister meiner Brigade ein großes Holzkreuz anfertigen. Er tat es mit viel Liebe, die Oberfläche wurde mit Glasscherben feingeschliffen, Name und Daten des Verstorbenen eingraviert. Über drei Tage benötigte der Meister für diese Arbeit. Hierfür hätte er nach der russischen Leistungsnorm nur wenige Prozentpunkte erhalten. Der russische Ingenieur blickte nachdenklich, dann setzte er eine andere Arbeit, ausgeführt im Tagelohn, in den Leistungsnachweis ein. Diese unterlag nicht der Normberechnung und gefährdete daher nicht den Leistungsdurchschnitt der Brigade.

Hundert Festmeter Brennholz wie weggezaubert

Eine kleine Episode, jedoch kennzeichnend für die damaligen Verhältnisse in der UdSSR, erinnere ich wie folgt:

Wir hatten den Auftrag, in einem Waldstück, einige Kilometer von unserem Lager entfernt, Bäume zu fällen, die Äste und Zweige abzuschlagen und die Stämme auf die für den LKW-Transport passende Länge zu schneiden. Diese Arbeit nahm mehrere Tage in Anspruch. Wir stapelten das Holz für den Abtransport gut erreichbar an mehreren Stellen sauber auf. In spätestens einer Woche sollte es von uns abgeholt werden. Als wir nach dieser Woche mit dem Lastwagen wieder hinfuhren, glaubten wir unseren Augen nicht zu trauen: Wir fanden von den einhundert Festmetern Brennholz nicht mehr die geringste Spur vor. Alles war sauber und ohne irgendeinen Rest zu hinterlassen weggeräumt.

Nachdem wir genug gestaunt und darüber diskutiert hatten, fuhren wir unverrichteter Dinge mit dem leeren LKW wieder zum Lager zurück. Ich unterrichtete den russischen Ingenieur über die vorgefundene Lage. Ein ellenlanger, nicht wiederzugebender Fluch bester russischer Qualität, mehrmals wiederholt, war seine Reaktion.

Brennholz ist im Winter in Rußland ein kostbares Gut, es wurden 1948/49 Temperaturen von bis zu minus 50 Grad Celsius erreicht.

Eine große Enttäuschung

Es war im Herbst 1948, als man mich von einer Baustelle zum Lager in Solnoje beorderte. Ich sei dazu bestimmt, als Bestarbeiter in die Heimat entlassen zu werden. Diese Anordnung kam für mich völlig überraschend. Man hatte mir wohl vor etwa einem halben Jahr eine Urkunde für gute Arbeitsleistungen überreicht, aber ich hatte ihr keine große Bedeutung beigemessen.

Als ich im Lager ankam, sah ich vor dem Eingang einen LKW stehen, auf dessen Ladefläche bereits einige Kameraden hockten. Ich eilte zu meiner Baracke, packte meine Habseligkeiten in meinen Brotbeutel und einen kleinen selbstgefertigten Holzkoffer, verabschiedete mich von einigen Kameraden, denen ich begegnete, und eilte zum LKW. Hier begrüßten mich die bereits Versammelten mit freudigem ›Hallo‹. Ich hockte mich neben sie nieder. Wir nahmen an, daß die Fahrt zunächst zum Entlassungslager Sysran gehen würde.

Langsam machten wir uns mit dem Gedanken einer vorzeitigen Rückkehr vertraut, dachten an unsere Heimat und an das Erstaunen unserer Angehörigen, wenn wir plötzlich vor der Tür stehen würden. So kam es, daß ich den russischen Oberingenieur erst erblickte, als er an unserem LKW vorbeikam. Mich sehen und im Laufschritt zur russischen Lagerleitung rennen, war für ihn eins. Als er zurückkam, eröffnete er mir, daß ich erst zu einem späteren Zeitpunkt heimkehren könne. Der Bau der Straße zur Erschließung des riesigen Ölgebietes sei ein wichtiges Planziel der UdSSR. Dazu gehöre die Errichtung eines Nebenlagers, die ich leiten solle, da ich auf diesem Gebiet bereits über viel Erfahrung verfüge.

Es dauerte einige Zeit, bis ich meine Enttäuschung über diese Anordnung überwunden hatte. Meine Kameraden blickten mich dabei teilnahmsvoll an. Ich nahm mein Gepäck, stieg vom LKW und ging langsamen Schrittes ins Lager zurück. Noch Tage danach mußte ich an diese große Enttäuschung mit Wehmut zurückdenken. Dann hatten mich die Arbeit und vor allem der tägliche Kampf um die Zusatzverpflegung für meine Kameraden und mich, auf die wir alle angewiesen waren, wieder eingeholt.

Das neue Nebenlager hieß ›Molebnyi owrag‹. Zu seinem Aufbau wurde ich mit einem Teil meiner Brigade dorthin

versetzt. Es wurde ein kleines Barackenlager. Auf Grund
unserer Routine erstellten wir es in wenigen Wochen.

Meine endgültige Heimfahrt erfolgte erst Ende 1949.
Um Haaresbreite wäre sie nochmals gescheitert, hätte
mir ein russischer Stabsarzt nicht hilfreich zur Seite
gestanden.

Freiwillige Sonntagsarbeit

Nach dem Zweiten Weltkrieg, im Jahre 1948, wurde
die zwischen dem Gelben und dem Japanischen Meer
gelegene Halbinsel in Verlaufe des 38. Breitengrades in
Nord- und Südkorea gespalten. Nordkorea proklamierte
sich als ›Kommunistische Demokratische Volksrepublik‹
und erfuhr Unterstützung durch die UdSSR. Wir Kriegsgefangene leisteten dazu freiwillig einen Beitrag, indem
wir einige Male auch sonntags – normalerweise arbeitsfrei
– unsere Arbeitspflicht erfüllten. Wir verzichteten auf unser Entgelt zugunsten von Nordkorea.

Provokation zur Leistungssteigerung

Mit allen Mitteln versuchte die UdSSR die Arbeitsleistung – auch die der Kriegsgefangenen – zu steigern, um
im Kalten Krieg gegen die USA zu bestehen. Ich erinnere
mich an folgenden Vorfall: Es war an einem Sommer-
abend 1948. Die Brigaden kamen müde und abgekämpft

von der Arbeit ins Lager zurück. Wir Brigadiere versammelten uns wie gewohnt zur Einsatzbesprechung für den nächsten Tag im Raum des russischen Bauleiters. Diesmal war ein höherer, von außerhalb kommender Arbeitsoffizier zugegen. Er richtete an uns Brigadiere den eindringlichen Appell, mit aller Kraft auf die Normerfüllung bei den uns unterstellten Kameraden hinzuwirken, um so das gesteckte Planziel zu erreichen.

Er führte einige Brigaden, die wesentlich unter der Normerfüllung lagen, als Negativbeispiele an. Die Leistung meiner Brigade stellte er als nachahmenswert heraus. Der Grund für die nahezu erreichte Normerfüllung in unserer Brigade war darin zu suchen, daß meine Kameraden größtenteils gelernte Handwerker waren. Dies traf bei den anderen Brigaden nicht zu, die dort tätigen Kameraden waren die Arbeiten, die sie verrichteten, überwiegend nicht gewöhnt.

Der Arbeitsoffizier scheute sich nicht, uns Brigadiere in unserer Ehre zu kränken und uns zu provozieren. Wir ballten die Fäuste in den Taschen und schwiegen zu den zum großen Teil unberechtigten Vorwürfen. Wir wußten, wenn einer es gewagt hätte, sich gegen die Anschuldigungen – selbst wenn dies in sachlicher Weise geschehen wäre – zur Wehr zu setzen, hätte man ihn der Sabotage am sozialistischen Staat bezichtigt und bestraft.

Die Provokation dauerte über eine Stunde. Es erübrigt sich zu bemerken, daß wir danach in keiner guten nervlichen Verfassung waren. Zweimal erlebten wir solche ungerechtfertigte Zurechtweisungen. Der Hintergrund hierfür dürfte in der allgemeinen Nervosität um die so wichtige und doch nur stockend vorankommende Erschließung des Ölgebietes an der Wolga gelegen haben, eines der vorrangigsten Planziele der UdSSR.

Land und Leute

Während der Herrschaft der Zaren, jedoch auch in der Zeit, als der Sozialismus bestimmend war, spielte die russisch-orthodoxe Kirche eine tragende Rolle. Dies galt vor allem für Weißrußland, aber auch für die autonome tatarische Sowjetrepublik, in der ich im Bereich der Stadt Jelabuga in einem ehemaligen Nonnenkloster einen Teil meiner Zeit als Kriegsgefangener verbrachte hatte.

Die Bevölkerung lebte nach den Regeln dieser Kirche trotz kommunistischer Herrschaft. Im Eingang vieler Häuser gab es eine Gebetsecke mit einem dreieckigen Holzbordgestell mit Ikonen, vor denen ein mit Olivenöl gefülltes Glas stand, in dessen Mitte ein von Klammern gehaltener Docht brannte und seinen Lichtschein auf die Heiligenbilder warf. Davor las der Gläubige aus einem Buch ein Gebet oder er sagte es aus dem Gedächtnis auf. Eine Ikone ist ein Kultbild der russisch-orthodoxen Kirche, entweder ein aus vielen kleinen Teilen bestehendes Mosaik oder eine Freskenmalerei aus wasserlöslichen Farben, mit Abbildungen von Christus, der Mutter Maria oder anderer Heiliger.

Ihre Unzertrennlichkeit mit den Seelen der Verstorbenen dokumentiert die russische Familie mit einem gemeinsamen symbolischen Essen an den Gräbern. Teile der Mahlzeit stellt man auf das Grab bzw. auf die Querbalken der Kreuze.

Viele dieser Kreuze sind sogenannte Andreaskreuze, benannt nach dem heiligen Apostel Andreas, Bruder des Petrus, der an einem solchen gekreuzigt worden sein soll.

Neben unserem Lager in Tarnovoi befand sich ein Friedhof. Wir konnten ein solches Essen, wie vorstehend geschildert, beobachten. Ein großer Teil der Ortsbevölkerung nahm daran teil.

An dieser Stelle ein Hinweis auf die unterschiedliche Zeitrechnung der beiden großen Kirchen: Der neue Kalender – als gregorianischer Kalender bekannt und von Papst Gregor XIII. im Jahre 1582 eingeführt – weicht 13 Tage ab vom alten, julianischen Kalender, eingeführt von Julius Caesar. Das Weihnachtsfest wird nach Caesars Rechnung in der westlichen Kirche am 25. Dezember begangen, nach Gregors Rechnung, an welcher sich die östliche Kirche orientiert, am 7. Januar. Zu erwähnen ist noch, daß die Formulierung ›russisch-orthodox‹ erst Ende des Zweiten Weltkrieges entstand, zuvor galt die Formulierung ›katholisch-orthodoxe Kirche‹.

Politisch stand der jüngere Teil der Bevölkerung der kommunistischen Weltanschauung positiv gegenüber, der ältere nur in geringem Maße. Selbstverständlich waren die Inhaber leitender Positionen Angehörige der KPdSU. Ich beobachtete, wie ein russischer Reserveoffizier – ein Lehrer, der auf einer Baustelle die Aufsicht über uns hatte – ständig in einem Buch über die Geschichte der KPdSU las, da er deren Mitglied werden wollte. Nur eine Auslese wurde in die Partei aufgenommen.

1947 hatte ich eine Wahl in einem Dorf miterlebt. An einem Tisch, hinter dem die Wahlkommission saß, erhielt der Wähler seinen Stimmzettel ausgehändigt. Er ging nicht in die abgeteilte Wahlkabine, sondern machte vor den Augen der Kommission sein Kreuz (an vermeintlich richtiger Stelle). Die Kabine blieb ungenutzt. Keiner betrat sie.

In jedem Dorf gab es eine zentrale Rundfunkempfangsstation, von der ein Verteilernetz zu in den Straßen installierten Lautsprechern führte. Der Ortsvorsteher bestimmte den Sender, der gehört wurde.

Wie bereits erwähnt, waren auf den Dörfern Männer im wehrfähigen Alter kaum anzutreffen, die meisten waren im Kriege gefallen, die übrigen bei der Armee – eine Auswirkung des Kalten Krieges. Die bereits mehrfach genannte, unglaublich hohe Zahl von circa 25 Millionen Toten, welche die UdSSR im Zweiten Weltkrieg hatte hinnehmen müssen, machte mich tief betroffen. Ich sah darin eine Verpflichtung, mich bei der Erfüllung meiner Aufgaben als Brigadier voll einzusetzen.

Die russische Bauleitung erkannte dies auch an. Nachstehendes Erlebnis verdeutlicht dies: Eines Tages kam ein neuer russischer Vorarbeiter zur Straßenbaugesellschaft V, der eine ungerechtfertigte Kritik an von mir getroffenen Maßnahmen übte. Ich hatte es sehr eilig, da ich zu einer Baustelle wollte, und beachtete ihn nicht. Er lief neben mir her und wollte mich am Arm schütteln. Ich wich aus. Dieser Vorfall spielte sich vor dem Lagereingang ab. Ein russischer Posten hatte ihn beobachtet und gemeldet. Der ›Ärmelschüttler‹ wurde versetzt.

Der russischen Bauleitung nutzte das Fachwissen der deutschen Kriegsgefangenen. So ließ sie z. B. einen unter uns befindlichen erfahrenen Landvermesser oder einen tüchtigen Sägewerksmeister vollkommen selbständig arbeiten, behandelte sie gleichberechtigt und profitierte davon.

Auf der Schiffswerft an der Kama, beim Aufbrechen der Eisdecke des Flusses im Winter, bei den kurzzeitigen Unterkünften in Privatquartieren und vor allem auf den Kontrollgängen zu den Baustellen der Straßenbaugesellschaft V hatte ich viele Kontakte zur Landbevölkerung, kam mit ihr ins Gespräch und bekam Einblick in ihre Lebensverhältnisse.

Die Russen sind ganz überwiegend sehr trinkfreudig. Vielleicht resultiert diese Neigung aus der unendlichen Weite dieses Landes, in der sich der Mensch vor allem im Winter verlassen vorkommen muß. Wenn ein Russe für seine Arbeit Geld empfangen hat, gönnt er sich mit seinen Genossen eine Flasche Wodka. Ein russischer Vorarbeiter schenkte mir einmal in schon etwas benebeltem Zustand 100 Rubel, sehr viel Geld für ihn. Er sagte zu mir: ›Sie sind ein Kriegsgefangener und arbeiten für uns, nehmen Sie das Geld, ich gebe es Ihnen als Anerkennung.‹ Er war schon über 50 Jahre alt, das Geld konnte er mit Sicherheit nicht entbehren. Ich hatte Mühe, ihn davon zu überzeugen, es wieder zurückzunehmen. Für mich war diese spontane Handlung des Mannes ein Beweis großer Zuneigung, ich fühlte mich durch sie sehr geehrt.

Auf einem Baustellenkontrollgang im Herbst 1948 begegnete ich an einem bewaldeten Abhang einer älteren Frau, die zutiefst erschrak, als sie mich erblickte. Sie stellte in einer Destillationsanlage Kartoffelschnaps her. Für Schwarzbrennerei wurde eine hohe Freiheitsstrafe verhängt. Ich versicherte ihr, daß ich kein Verräter sei. Darauf fiel ihr ein Stein vom Herzen, sie war sichtlich erleichtert und bot mir ein Glas Kartoffelschnaps an, das ich dankend annahm und genüßlich austrank.

Die Häuser auf dem Land befanden sich überwiegend in einem schlechten baulichen Zustand. Seit der Revolution 1917 war sichtlich nur das Notwendigste instandgesetzt worden. Die einfachen Blockhäuser verfügten in der Regel nur über einen großen Wohnraum mit einem großen gemauerten Ofen, dessen ebene, dicht an die Holzdecke des Raumes ragende Oberfläche als Schlafplatz diente.

Reichte der Platz auf dem Ofen nicht aus, kam eine an den Ofen angelehnte Bank hinzu.

Kennzeichen des Wohlstandes einer Familie war ein reich verzierter silberner Samowar, ein mit Holzkohle zu befeuernder Teezubereiter. Er stand stets in einem Fenster des Hauses ausgestellt und stammte zumeist noch aus der Zarenzeit.

Die Straßen des Dorfes waren durchweg unbefestigt. Nach einem Regen waren sie verschlammt und kaum passierbar. Eine zentrale Wasserversorgung mit Leitungsnetz besaßen die Dörfer nicht. Aus einem offenen Brunnen wurde das Wasser mit einem an einem Seil befestigten Eimer geschöpft. Gelegentlich bediente man sich dafür auch einer Seilwinde. Beim Wasserholen trafen sich die Dorfbewohner häufig zu einem gemeinsamen Schwatz. Das geförderte Brunnenwasser war in der Regel klar, kühl und wohlschmeckend.

Ausnahmen bestätigen jedoch die Regel. Wegen erheblicher Schwierigkeiten bei der Wasserversorgung trieben wir im Lager einen eigenen Brunnen etwa 10 Meter tief in den Boden und steiften ihn sorgfältig mit halbierten Baumstämmen aus. Es herrschte eitel Freude, als er fertiggestellt war. Doch nur kurze Zeit hielt die Freude an. Nach dem ersten Genuß des Wassers, frühmorgens vor dem Abmarsch zur Arbeit, verfärbten sich bei einigen Kameraden die Lippen blau, heftige Magenkrämpfe befielen sie und sie krümmten sich vor Schmerzen. Das Wasser war ungenießbar, ursächlich dafür war vermutlich der nahegelegene Friedhof. Das kostbare Naß blieb daher weiterhin knapp und mußte wie bisher mit von Pferden gezogenen Faßwagen zum Lager gebracht werden.

In jedem Dorf gab es eine ›Banja‹ (Sauna). Sie wurde von mehreren Familien, meist nach Geschlecht getrennt, benutzt. Ich war auch einmal zu einem solchen Vergnügen eingeladen. Durch ein Holzfeuer wurde eine Anzahl übereinander geschichteter Steine mittlerer Größe erhitzt und in Abständen von mehreren Minuten mit Wasser übergossen, das schnell verdampfte. Bei einer Raumtemperatur von 70 Grad kamen wir auf unseren etwas erhöht angeordneten Sitzbänken stark ins Schwitzen. Dieser Vorgang wurde noch dadurch verstärkt, daß wir uns gegenseitig mit Ruten ›beklopften‹.

Nach einiger Zeit ging es bei minus 20 Grad ins Freie, wir rieben uns mit Schnee ab, eine Schneeballschlacht entbrannte, dann ging es wieder zurück in die Banja. Es gab etwas Alkohol, man prostete sich zu, eine heitere Stimmung kam auf. Der Schweiß floß in Strömen. Vier Durchgänge fanden statt.

Der wertvollste Bestandteil der Banja war das Fenster. Nach Beendigung aller Durchgänge wurde es an den nächsten Benutzer weitergegeben. Glas war damals eine große Kostbarkeit.

Die Benutzung der Banja schuf einen sauberen Körper und damit einen guten Schutz vor dem Fleckfieber.

Die Kleidung war weitgehend ein Standesausweis. Im Winter trug der einfache Arbeiter eine Wattejacke als Schutz gegen die Kälte, der Vorarbeiter eine mittellange Schaffelljacke, der Direktor einen bis über die Knie gehenden weißen Schaffellmantel. Im Winter waren ›Walinkies‹ (hohe Filzstiefel) die Fußbekleidung. Im Sommer trug die Landbevölkerung aus Stroh geflochtene Schuhe (›Lapkies‹).

Ende 1948 wurden an uns neue amerikanische Schuhe ausgegeben, worüber wir hoch erfreut waren. Meine guten Wehrmachtsschnürschuhe, die ich schon bei der Gefangennahme getragen hatte, waren so gut wie zerschlissen.

Im Sommer spielten die Kinder fröhlich und unbefangen auf den Straßen. Tanzspiele waren häufig. Die Mädchen bewegten sich dabei äußerst graziös. Dies war ihnen offensichtlich schon in die Wiege gelegt.

In den Nächten – auch im Winter – zog die Jugend oft bis nach Mitternacht singend durch das Dorf. Das Lied von der ›Katjuscha‹ erklang – ein wunderbares Liebeslied. Die ersten Strophen:

Katjuscha
Leuchtend prangten ringsum Apfelblüten,
still vom Fluß zog Nebel noch ins Land;
durch die Wiesen kam hurtig Katjuscha
zu des Flusses steiler Uferwand.
Und es schwang ein Lied aus frohem Herzen

jubelnd, jauchzend sich empor zum Licht,
weil der Liebste ein Brieflein geschrieben,
das von Heimkehr und von Liebe spricht.
Oh, du kleines Lied von Glück und Freude,
mit der Sonne Strahlen eile fort.
Bring dem Freunde geschwinde die Antwort
von Katjuschas Gruß und Liebeswort!

Er soll liebend ihrer stets gedenken,
ihrer zarten Stimme Silberklang.
Weil er innig der Heimat ergeben,
bleibt Katjuschas Liebe ihm zum Dank.

Leuchtend prangten ringsum Apfelblüten,
still vom Fluß zog Nebel noch ins Land.
Fröhlich singend ging heimwärts Katjuscha
einsam träumt der sonnenhelle Strand.

Im Sommer gingen die Mädchen oft zur Wolga, wo sie sauber war, und liefen ins Wasser. Einige Meter vom Ufer entfernt entledigten sie sich nacheinander ihrer einzelnen Kleidungsstücke, wuschen ein jedes und warfen es mit Schwung zum Trocknen in der Sonne ans Ufer – die Sommer sind dort sehr heiß. Dann schwammen sie in den Fluß hinein, kehrten nach einiger Zeit zurück, stiegen aus dem Wasser und zogen sich die dann unterdessen fast trockenen Kleider wieder an.

Wo ein Bach mit klarem Wasser in der Nähe eines Dorfes vorbeifloß, wuschen die Frauen in diesem die

Wäsche, klopften sie immer wieder auf Steine und spülten sie aus, Seife war knapp.

Allgemein kann gesagt werden, daß das russische Volk – vor allem auf dem Lande – es versteht, sich die Vorteile, die die Natur bietet, gut zu Nutze zu machen.

Der Anteil von Strafgefangenen war gemessen an der Einwohnerzahl der UdSSR relativ hoch. Viele Russen verbrachten einen Teil ihres Lebens in Gefängnissen.

Dazu ein persönliches Erlebnis, das ich auf einem Kontrollgang zu den Baustellen hatte. Ich kam an einer solchen vorbei, auf welcher auch Strafgefangene (›Saklutschoniy‹) eingesetzt waren. Sie wurden auf mehreren LKW's herangefahren. Jeder LKW-Besatzung war ein Posten mit einem Maschinengewehr und einem Schäferhund zugeordnet. Die Baustelle war abgesteckt, keiner durfte sie verlassen.

Aus etwa 50 Meter Entfernung beobachtete ich einen Ausbruchsversuch. Der Ausbrecher wollte einen nahen Wald erreichen, bewegte sich jedoch langsam, unbeholfen und schwerfällig. Dies ließ auf eine schon länger verbüßte Haftzeit schließen. Noch vor Erreichen des Waldstückes hatte ihn sein Bewacher eingeholt und trieb ihn unter harten Schlägen zur Baustelle zurück.

Mich beeindruckte dieser Vorgang sehr. Nachdenklich setzte ich meinen Kontrollgang fort.

Russische Arbeitstechniken am Bau

Holz war zumindest auf dem Lande der vorherrschende Baustoff für den Hausbau. Für die Be- und Verarbeitung fehlte es jedoch an geeigneten Maschinen. Das Beil war das Universal-Handwerkszeug. Es wurde mit virtuoser Geschicklichkeit gehandhabt und bei den unterschiedlichsten Arbeiten eingesetzt, sei es zum Abschälen der Rinde von Baumstämmen, zur Herstellung von Kanthölzern oder zum Einschlagen von Nägeln. Die Bearbeitungsnorm, also die Leistungserbringung von 100 Prozent, lag hoch. Beispielsweise betrug die Norm für das Abschälen der Rinde eines Baumstammes von 18 Zentimeter Durchmesser 123 m/Tag. Für das Schlagen eines Vierkantbalkens aus einem Stamm von 40 Zentimeter Durchmesser lag sie bei 23 m/Tag.

Häufig stand für die Herstellung von Brettern kein Sägewerk zur Verfügung, wir schnitten sie dann mit einer Spezialsäge per Hand aus dem Baumstamm. Dazu legten wir den Stamm schräg auf ein zwei Meter hohes Gerüst. Ein Mann stand auf dieser Bühne, der andere auf der Erde. Das Sägeblatt war in der Mitte verstärkt, im gleichen Takt bewegten wir es mit Schwung hin und her, eine anstrengende und viel Feingefühl erfordernde Arbeit.

Zum Glück erhielten wir in Solnoje bei der Straßenbaugesellschaft V eines Tages ein Sägewerk, das von einem unserer Meister und dessen Helfern aufgebaut und betrieben wurde.

Die Holzwände der finnischen Fertighäuser verputzten wir innen mit einer zentimeterstarken Lehmschicht. Als Putzträger dienten über Kreuz genagelte, etwa zwei Zentimeter breite Streifen aus Baumrinde. Der Übergang von der Wand zur Decke wurde mittels einer Flasche gekehlt hergestellt. Die Verwendung von Lehm ist gegenüber dem herkömmlichen Einsatz von Kalk sicherlich die ökologischere und gesündere Bauweise.

Das Errichten von Mauerwerk geschah in Rekordzeit, der kurze Sommer und die langen Winter zwangen dazu. Ein deutscher Maurer verarbeitete circa 800 Normziegel am Tag, der russische bis zu 7000, allerdings mit einer Vielzahl meist weiblicher Helfer. Bis zu einer Außentemperatur von minus 10 Grad arbeiteten wir ohne chemische Zusätze. Sand und Steine wurden auf großen Blechen mit darunter entfachten Holzfeuern erwärmt, ebenso das Wasser, zumeist in Kübeln geschmolzener Schnee. Die Mischung trug man mit der Schaufel auf, die Helfer setzten die Steine, der Maurer korrigierte – falls erforderlich – deren Lage. Durch die erhitzten Materialien war die Abbindezeit stark verkürzt. Der Prozess war abgeschlossen, ehe die Kälte in das Mauerwerk eindrang, die Mauer war standfest.

Auf dem Lande vorherrschend war das Blockhaus, dessen Wände aus zweiseitig beschlagenen Rundhölzern bestanden, die durch Dübel verbunden waren. Dazwischen steckte Moos als Dichtungsmittel. An den Hausecken waren die Balken ineinander verkeilt. Die

Dächer besaßen als Eindeckung Schilf, das im Winter geschnitten wurde.

Kampf gegen ›Nix Kultura‹

Zwei oder drei Jahre nach Kriegsende lief eine großangelegte Erziehungskampagne an, welche die Pflege von Sauberkeit und Gesundheit, also Hygiene, in den Vordergrund stellte.

Ein Verstoß gegen diese Grundsätze war gleichbedeutend mit einem Verstoß gegen die Errungenschaften der Gesellschaft, war also ›Nix Kultura‹. Einige Beispiele: Eine verbreitete Unsitte war das Ausspeien auf den Fußboden in den Häusern, ganz gleich, wo man sich befand. Diese Unsitte wurde nunmehr energisch bekämpft und bestraft.

Allgemeinbrauch war der Genuß von Sonnenblumenkernen – sie enthalten gesundes pflanzliches Öl. Man trennte im Munde kauend die Spelzen von den Kernen und spuckte die ersteren irgendwo in die Gegend. Das war ›Nix Kultura‹. Könner entwickelten eine besondere Technik, die hygienischer war: Sie sammelten die Spelzen rund um den Mund. Erst wenn sich ein vollkommen geschlossener schillernder Kranz um den Mund gesammelt hatte und überdies eine geeignete Ecke gefunden war, in welcher man die Spelzen ohne Bedenken loswerden konnte, entledigte man sich ihrer. Sie einfach an einem beliebigen Ort, irgendwo auf den

Fußboden, auszuspeien, wäre ein grober Regelverstoß gewesen. Der Spelzenkranz um den Mund hinderte Könner dieser Technik nicht daran, weiterhin ein fließendes Gespräch zu führen. Ein leitender Mitarbeiter der Straßenbaugesellschaft V beherrschte dieses Verfahren in Vollendung.

Der sehr ernste Hintergrund dieser Kampagne lag in der Bekämpfung der Ursachen, die zum Ausbruch von Seuchen geführt hatten, zum Beispiel dem Fleckfieber, das erhebliche Opfer gefordert und sich in unhygienischen Verhältnissen ungehemmt ausgebreitet hatte.

Die Anophelesmücke sticht zu

Im Lager Solnoje waren wir zunächst in Zelten mit je sechs Mann Belegschaft untergebracht, später in zwischenzeitlich von meiner Brigade erstellten Baracken. Es war ein heißer Sommer mit Spitzentemperaturen von über 40 Grad. Einige Kameraden mochten nachts nicht in beengten Zelten schlafen, sondern kampierten im Freien. Hier wurden sie gelegentlich von Schlangen im Schlaf gestört, aber nicht angegriffen.

Viel schlimmer als die Bisse der Flöhe in den Erdbunkern von Tarnovoi waren die Stiche der Anophelesmücke, ein Zwischenwirt der Malaria, einer schlimmen Infektionskrankheit. Befallen werden die roten Blutkörperchen, es treten Fieber und Schüttelfrost auf. Sicher war es nicht die Malaria tropica, die uns heimgesucht hatte, die schlimmste der drei Arten dieser Krankheit, sondern eine der beiden leichteren, die drei bis vier Tage hohes Fieber auslösen. Mindestens ein Viertel meiner Kameraden erkrankte daran, ich ebenfalls. Von Fieber und Schüttelfrost geschwächt fühlt man sich einige Tage äußerst schlapp.

Der russische Baudirektor Jeremenko forderte von uns die Wiederaufnahme der Arbeit bereits nach dem ersten fieberfreien Tag. Unser Lagerarzt Dr. Kohler, der als Arzt von Stalingrad bekannt geworden war, lehnte dies strikt ab. Drei Tage arbeitsfrei nach dem Fieber seien als Schonzeit das Mindeste. Er setzte dies durch, obwohl der Baudirektor – so auch in meinem Falle – heftig dagegen protestierte. Die Handwerker seien ohne Anleitung und Aufsicht und damit die Planerfüllung gefährdet. Seine Einstellung änderte sich schlagartig, als ihn die Malaria selbst gepackt hatte. Danach bestand er nicht mehr auf sofortiger Arbeitsaufnahme nach dem ersten fieberfreien Tag.

Dr. Kohler ließ Räuchertöpfe anfertigen, in denen mit glimmendem Holz Rauch erzeugt wurde, der sich in unseren Unterkünften ausbreitete und die Mücken fernhielt oder vernichtete. Diese Maßnahme hatte spürbar Erfolg bei der Bekämpfung dieser schlimmen Krankheit.

Auf meinem Entlassungsschein aus der Kriegsgefangenschaft vom 13. Dezember 1949 (s. Abb. 15) ist festgehalten ›Malaria latens‹. Gottlob erkrankte ich nie wieder an dieser Krankheit.

Vermerkt sei noch, daß ich mir nach meiner Malaria-Erkrankung ›Atibrin‹, ein Vorbeugungsmittel gegen Malaria, auf eigene Kosten beschaffen konnte. Nach längerer Einnahme dieses Medikaments verfärbte sich meine Haut gelb.

Der Arzt von Stalingrad

Einige Zeit nach meiner Malaria-Erkrankung bot sich mir Gelegenheit, mich bei Dr. Kohler für seinen Einsatz bei der Behandlung meiner Erkrankung zu revanchieren. Aus mir unbekannten und auch unerklärlichen Gründen sollte Dr. Kohler im Steinbruch arbeiten. Die Arbeit mit der Brechstange, die Bewegung der schweren Steine, hätten zweifellos seiner Gesundheit und vor allem seinen ›Chirurgenhänden‹ geschadet. Ich schleuste ihn deshalb vor dem Ausmarsch zur Arbeit in meine Brigade. An seiner Stelle schickte ich einen jungen kräftigen Kameraden in den Steinbruch. Ich teilte Dr. Kohler zu einer vom Lager weit entfernt liegenden Baustelle ein und stellte ihm seine Arbeit frei. Er schnitzte ohne jeden Leistungs- bzw. Normerfüllungsdruck Holzschindeln.

Alles ging einige Wochen gut, bis russische Inspektoren bei einer Baustellenkontrolle feststellten, daß wir ihre Anweisung nicht befolgt hatten. Nun mußte Dr. Kohler im Steinbruch arbeiten, jedoch übernahmen Kameraden dort überwiegend seinen Arbeitsanteil. Mich selbst sprach die russische Bauleitung in dieser Angelegenheit nicht an.

Als für die Zeit, in welcher Dr. Kohler in meiner Brigade arbeitete, ein Geldüberschuß anfiel, teilte ich das Geld auf die Mitglieder der Brigade auf. Als ich ihm seinen Anteil überreichen wollte, lehnte er die Annahme entschieden ab mit der Begründung, froh gewesen zu sein, in meiner Brigade und nicht im Steinbruch gearbeitet zu haben. Er wüßte, daß er die Brigade durch Untererfüllung der Arbeitsnorm nur belastet hätte.

Den Grund, weshalb Dr. Kohler im Steinbruch arbeiten sollte, erfuhr ich erst Jahrzehnte später. Hans Müller, Langemarckstudent, geriet während des Krieges in Finnland in russische Gefangenschaft, lernte russisch, war im Offizierslager in Jelabuga als Dolmetscher tätig und stieg in Solnoje zum deutschen Lagerkommandanten auf. Er wurde in dieser Zeit mit folgendem Vorfall konfrontiert: Eine russische Lagerärztin hatte Medikamente, die für uns Kriegsgefangene bestimmt gewesen waren, gewinnbringend an ihre Landsleute verkauft. Um zu verhindern, daß der deutsche Lagerarzt Dr. Kohler hiervon erfuhr, veranlaßte sie seine Zuteilung zu der im Steinbruch arbeitenden Brigade. Hans Müller zeigte diesen Vorfall der übergeordneten russischen Dienststelle an, die eine Untersuchung einleitete. Die russische Lagerärztin wurde degradiert und mußte als Wachposten Dienst tun.

Dr. Kohler war ein sehr guter Chirurg. Hier ein Beispiel: Die Trasse der Erschließungsstraße führte durch ein an einem Abhang gelegenes Waldgebiet. Hier fällten wir Bäume. Dabei geschah es, daß ein Baum nicht in die vorgesehene Richtung fiel, sondern sich während des Fallens drehte. Er traf mit einem dicken Ast den Kopf eines Kameraden. Dieser erlitt einen offenen Schädelbruch, Hirnmasse trat aus. Hinzu kamen noch einige Knochenbrüche. Bewußtlos lag er da, keiner glaubte, daß er überleben würde. In diesem Zustand brachten wir ihn zu Dr. Kohler. Ohne Schutzbekleidung und nur mit gewöhnlichem Handwerkszeug ausgestattet öffnete er den Schädel, entfernte die Knochensplitter, nähte die Kopfhaut mit Nadel und Zwirn aus der Schneiderei wieder zu und fixierte die Knochenbrüche. Der Patient erwachte aus dem Koma, genas und wurde aus der Gefangenschaft entlassen. Jahre später, ich war bereits wieder in der Heimat, las ich in einer Zeitschrift, die über diesen Fall berichtete, daß dieser Kamerad geheiratet hatte.

Dr. Kohler sah in seinen Patienten immer den Menschen, der seiner Hilfe bedurfte, niemals den Gegner. Er genoß daher auch bei der russischen Bevölkerung nicht nur in fachlicher, sondern in jeder Hinsicht einen herausragenden Ruf. Tausende Patienten behandelte er unentgeltlich. Durch seinen unermüdlichen Einsatz trug er wesentlich zur Versöhnung mit dem ehemaligen Gegner bei.

Ich hatte als Brigadier regen Kontakt zu Dr. Kohler. Knochenbrüche kamen häufig vor, sie wurden ohne Röntgenapparat versorgt. Um z.B. einen Oberschenkelbruch zu richten, nahm Dr. Kohler eine nichtrostende Fahrradspeiche und spitzte sie an. Mit einer alten Zahnbohrmaschine mit Fußbetrieb durchbohrte er den Knochen und spannte die durch das Bohrloch geführte Speiche zwischen den Enden eines umgearbeiteten Hufeisens. Das so behandelte Bein lag währenddessen auf einer selbstgebauten Schiene.

Die Herstellung der zur Fixierung erforderlichen Schienen und Aufhängungen besprachen wir oft gemeinsam mit einem zu meiner Brigade gehörenden Tischler, der sie anfertigte. Dr. Kohler wurde cirka achteinhalb Jahre nach Kriegsende aus zehnjähriger Kriegsgefangenschaft entlassen.

Bundespräsident Theodor Heuss verlieh ihm 1954 das Große Bundesverdienstkreuz. Im selben Jahr erhielt er die Paracelsus-Medaille der Deutschen Ärzteschaft. Er starb am 27. 07. 1979. Er wurde in seiner Heimatstadt Gummersbach beigesetzt.

Abb. 14 : Photographie von Dr. Kohler (links) und Hans Müller, dem deutschen Lagerkommandanten im Lager Solnoje an der Wolga 1948

Arbeiten im Steinbruch

Unweit vom Lager Solnoje erhob sich ein Bergmassiv. Hier bauten wir im Winter mittels einfacher Brechstangen die für den Straßenbau benötigten Steine ab. An der Straße selbst konnte wegen der großen Kälte nicht gearbeitet werden. Für uns bestand jedoch im Steinbruch bis zu einer Außentemperatur von minus 20 Grad Arbeitspflicht. Bei tieferen Temperaturen waren kleinere Instandsetzungsarbeiten im Lagerbereich angesagt, bei denen es Pausen zum Aufwärmen gab.

Das Wetter war nicht nur kalt, sondern auch stürmisch und oft fiel Schnee. Die gebrochenen Steine lagerten wir in unmittelbarer Nähe der Abbruchstelle am Berghang in Quaderform. Die Tagesnorm betrug pro Mann 4,96 Kubikmeter. Erst dann gab es die dringend notwendige Zusatzverpflegung – schwer verdient unter diesen Arbeitsbedingungen. Natürlich mogelten wir auch ein wenig. Bei Einhaltung der Außenabmessungen des Quaders ergaben sich durch geschicktes Aufschichten der Steine im Innern einige Hohlräume. Wir waren in Rußland, man könnte also augenzwinkernd sagen, Potemkin lebte noch. Sie erinnern sich sicher an die Geschichte, die Neider am Zarenhof von Katharina II. in Umlauf gebracht hatten: Für eine Reise der Zarin zur Krim hatte Potemkin längs der Wolga Attrappen von Dörfern errichten lassen und so der Zarin ein besiedeltes Gebiet vorgegaukelt.

Potemkin stand auch Pate bei der Ausführung des nachstehend geschilderten Bauprojekts: Eine große Kommission war angekündigt, die unsere Arbeitsbedingungen untersuchen sollte. Meine Brigade erhielt den Auftrag, auf einer Anhöhe des Bergmassivs einen Aufenthaltsraum zu erstellen, der Schutz gegen Schneefall und Kälte bieten und beheizbar sein sollte, damit wir uns in den Arbeitspausen dort aufwärmen konnten. Die Ausführung reizte uns, denn sie war wesentlich interessanter als das übliche Steinebrechen. Leider war der Zeitdruck groß, bereits in zwei Tagen sollte die Kommission eintreffen, also frisch ans Werk!

Baumaterial stand nicht zur Verfügung. Bäume, die man hätte fällen und verwenden können, gab es nicht, lediglich eine Anzahl kleinerer Gebüsche. Unter einigen Felsen lag Lehm. Wir schlugen das Gestrüpp und stellten aus den Ästen das Raumgerippe her. Dazwischen verflochten wir mit Zweigen die Wand- und Dachflächen.

Wir entzündeten ein Feuer und schmolzen Schnee. Mit dem erhitzten Wasser rührten wir einen Lehmbrei an und klatschten diesen mit einer Schaufel gekonnt in das Geflecht. Bei der eisigen Kälte verbanden sich Lehm und Gestrüpp sofort eng miteinander. Als Ofen verwendeten wir ein leeres Kerosinfaß.

Wir hatten unsere Arbeiten gerade abgeschlossen, da kam die Kommission auch schon im Lager an und marschierte unverzüglich zu unserer Arbeitsstätte. Wir konnten von der Anhöhe gut beobachten, wie sie am

Fuße des Steinbruches anlangte, und zündeten schnell das Holz in der Blechtonne an. Rauch und Wärme breiteten sich in der Hütte aus. Da war die Kommission auch schon heroben, trat ein, schnupperte die rauchige Luft und meinte anerkennend: ›Sehr gut, es ist warm.‹ Man lächelte zufrieden und verließ den Raum, um unsere Arbeitsplätze im einzelnen zu inspizieren und anschließend zum Lager zurückzumarschieren.

Die Kommission war nur ein kurzes Stück von der Hütte entfernt, da taute der Lehmbrei durch die im Ofen erzeugte Wärme wieder auf und fiel von dem Dach und den Wänden herunter. Der Wind pfiff durch das Gestrüpp. Nichts hatte sich geändert. Wir waren wie zuvor dem eisigen Winterwetter ausgesetzt. Potemkin lebte also noch!

Später erleichterten wir unsere Arbeit durch von uns ausgeführte Sprengungen. Vor der Zündung gingen wir hinter einem Felsen in Deckung, um nicht von herumfliegenden Steinen getroffen zu werden. Wir steckten die Finger in die Ohren und öffneten den Mund, um ein Platzen des Trommelfells zu verhindern – für mich als Pionier eine Selbstverständlichkeit. Diejenigen, welche diese Vorsichtsregel nicht kannten, lernten sie.

Sprengstoffzuteilung und -verbrauch wurden genau geprüft, um Mißbrauch zu verhüten, der von uns jedoch in keiner Weise erwogen wurde.

Die auf den Abhängen liegenden Steine sammelten wir wie folgt: In einem Abstand von 15 Meter stellten wir uns in mehreren Reihen parallel hangabwärts auf. Die Steine wurden nun von oben nach unten geworfen bzw. gerollt und am Fuße des Hanges eingesammelt. Auf ihrem Weg nach unten sprangen sie oft über einen Meter hoch. Man mußte gut aufpassen, um nicht getroffen zu werden. Es war fast ein Wunder, daß es bei dieser Arbeitsweise nur geringe Verletzungen gab. Sie wurden gelassen hingenommen. In Deutschland hätte ein TÜV-Mitarbeiter beim Anblick dieser Transportweise sicherlich graue Haare bekommen.

Ein motorgetriebener Steinbrecher zerkleinerte die Steine zu Straßenschotter. Wir legten die Steine hierzu auf eine Holzbühne und führten sie dort über einen Trichter dem Brecher zu. Die Bühne war von Zimmerern meiner Brigade stabil gebaut und fest verstrebt worden, jedoch nicht dafür gedacht, ein ›halbes Gebirge‹ auf ihr zu lagern. Genau dies geschah jedoch oft kurz vor Feierabend.

Es kam, wie es kommen mußte – die Bühne brach in einer Nacht wegen Überlastung zusammen. Zum Glück stand die Anlage zu diesem Zeitpunkt still, andernfalls hätte dies schlimme Folgen haben können. Das war eine böse Überraschung, als wir am anderen Morgen den Schaden sahen! Es dauerte mehrere Tage, bis wir die Anlage wieder in einen betriebsbereiten Zustand versetzt hatten. Die selbstverständliche Konsequenz aus diesem Vorfall war, daß wir streng darauf achteten, daß die Bühne nicht mehr überlastet wurde.

Eine Anlegebrücke an der Wolga

Ein schwerer Straßenbagger sollte per Schiff angeliefert und beim Bau der Erschließungsstraße für das Ölgebiet eingesetzt werden. Um ihn von Bord zu bringen, war die Errichtung einer stabilen Anlegebrücke erforderlich. Sie sollte von meiner Brigade erstellt werden. Brücken hatte ich während meiner Militärzeit schon oft mit aufgebaut: Als Rekrut in Graudenz an der Weichsel, als ROB an der Reglitz bei Stettin, als Absolvent der Pionierschule 1 in Dessau-Roßlau an der Elbe und schließlich als Teilnehmer an einem Offizierslehrgang für schwere Waffen in Regensburg an der Donau. Wir hatten stets fertige Bauteile und Pontons zur Verfügung, die auf Spezialwagen zu der gewünschten Stelle transportiert wurden.

All diese Dinge entfielen beim Bau dieser Anlegebrücke. Wir hatten keinerlei vorbereitete Baumaterialien, sondern verfügten lediglich über mehrere Beile, Schrotsägen und einen Rammbär für das Einschlagen der Pfähle. Hinzu kam noch ein Nivelliergerät. Wir begannen mit der Arbeit.

In der Nähe stand eine Baumgruppe. Wir fällten die Bäume, schlugen die Äste ab, schnitten die Stämme auf die erforderliche Länge, kanteten sie, so weit notwendig, mit dem Beil und setzten sie – gut verstrebt – für die Unterkonstruktion der Anlegebrücke ein. Selbstverständlich kam für die einzelnen Arbeitsgänge auch das Nivelliergerät zum Einsatz. Eine gute Stimmung

kam auf. Beim Einschlagen der Pfähle mit dem Rammbär erklang bei gleichbleibendem Rhythmus der alte
Pionier-Rammspruch:

Ein altes Weib wollt sch... gehn
und fand die Tür verschlossen,
da sah es eine Leiter stehn
und sch... nun durch die Sprossen
und hoch den Bär
und noch viel mehr
und eins und zwei und ...

Der Brückenbelag aus ungeschälten Holzstämmen
wurde verlegt und seitlich durch Balken fixiert. Die
Anlegebrücke war fertig und einsatzbereit. Das Schiff
fuhr langsam an die Brücke heran und machte fest. Der
Traktorist bestieg den Bagger, setzte ihn in Bewegung
und rollte im Schrittempo über die Brücke ans Ufer.
Gespannt, mit etwas Herzklopfen, beobachteten die
russischen Aufsichtskräfte und alle am Bau Beteiligten
den Vorgang. Als Folge der starken Belastung sack-
te die Brücke etwas ein, hielt jedoch stand, da sie gut
verstrebt war.

Alle atmeten erleichtert auf. Die Arbeitsnorm war
übererfüllt. Die Zusatzverpflegung, also ein Kochgeschirrdeckel Haferbrei und 200 Gramm Brot, war
gesichert.

Eine Ölfontäne schießt in den Himmel

Die Erschließung der großen Ölvorkommen an der Wolga war vorrangiges Planziel der UdSSR. Eine Vielzahl von Bohrungen wurde an den Abhängen zum Fluß hin durchgeführt und zunächst bis zum Anschluß an ein zentrales Rohrleitungssystem durch Ventilsätze verschlossen. Das Öl konnte jederzeit entnommen werden. Gelegentlich waren die Ventile nicht sachgemäß montiert und wurden durch den außerordentlich hohen Öldruck in die Luft geschleudert. Eine Ölfontäne gewaltigen Ausmaßes schoß dann gen Himmel.

Ich wurde Zeuge eines solchen, mich sehr beeindruckenden Ereignisses. Der Ölausstoß war so kräftig, daß die Fontäne eine Höhe von mehr als 15 Meter erreichte. Die Bohrung lag in einiger Entfernung oberhalb unseres Lagers, es war vormittags, die meisten Kameraden arbeiteten auf den entfernt gelegenen Baustellen, im Lager hielten sich nur wenige auf.

Der russische Lagerkommandant reagierte sofort. Er ließ von allen im Lager verfügbaren Arbeitskräften eine Grube zur Aufnahme des von der Bohrstelle herabfließenden Öles ausheben. Das Leck konnte jedoch schnell wieder abgedichtet werden, nur eine relativ geringe Ölmenge floß in die Grube. Kurze Zeit danach fuhr ein offener LKW in raschem Tempo an unserem Lager vorbei. Auf dem Boden des SIS kauerte die Bohrbesatzung. Sie machte, dies war deutlich zu erkennen, einen niedergeschlagenen Eindruck. Zwei Soldaten mit ihren Kalaschnikows im Anschlag bewachten sie.

Eine Zeitlang verlegten wir auch Rohrleitungen für das Öl. Die Gräben in dem steinigen Boden waren zwei Meter tief. Auf einer Seite des Grabens wurden einige Rohrlängen zusammengeschweißt. Wir verteilten uns längs des Grabens und beförderten die Rohre im Gleichtakt mit Brechstangen in die Tiefe, so daß sie auf der steinigen, oft etwas unebenen Grabensohle zu liegen kamen. Die Rohre wurden ungeschützt verlegt, ohne Sandbettung und ohne daß eine Druckprobe vorgenommen worden war. Unter diesen Umständen waren erhebliche Verluste an Öl während des Betriebs des Rohrleitungssystems vorprogrammiert. Auf der Wolga sammelten sich im Bereich des Ölerschließungsgebietes innerhalb von Flußkrümmungen mit nur geringer Strömung stets dicke Ölschichten an.

Letzte Arbeiten in der Kriegsgefangenschaft

Nachdem wir das kleine Nebenlager von Molebnyi owrag, bestehend aus nur einer Wohnbaracke, erstellt hatten, wurden wir für die Vorarbeiten zur Weiterführung der Erschließungsstraße in das Ölgebiet eingesetzt. Wir waren die Vorhut, befreiten die von unserem Vermessungsteam abgesteckte Trasse von Gestrüpp und Büschen, trugen alles zusammen und zündeten es an. Wenn dann nach einiger Zeit der Schnee zu Wasser geschmolzen und zusammen mit der im Holz enthaltenen Feuchtigkeit verdampft war, entwickelte sich ein weithin sichtbares Flammenbild, erst auf eine kleine Fläche beschränkt, dann schnell auflodernd.

96 Festmeter an Gestrüpp und Buschwerk mußten täglich in Holzasche verwandelt werden. Dies entspricht einem Gestrüpphaufen von etwa 8 x 8 Metern Fläche und 1,50 Metern Höhe. Der große Temperaturunterschied zwischen der Hitze in der Nähe der Flammen und der Kälte in dem aufzunehmenden Buschwerk machte sich unangenehm bemerkbar. Auch auf den Funkenflug mußten wir achten, damit unsere Kleidung nicht beschädigt wurde.

Der nächste Arbeitsgang, den eine andere Brigade ausführte, bestand im Herausreißen kleinerer Bäume. Dazu wurde jeweils eine Baumgruppe mit einer Stahltrosse zusammengeschlossen und mit einer leistungsstarken Raupe verbunden. Diese besaß eine Stahlgitterüberdachung als Schutz gegen aufschlagende Bäume. Die Raupe zog an und die Bäume wurden umgerissen und dabei entwurzelt. Man mußte sehr darauf achten, nicht von einem der zu Boden fallenden Bäume und seinem Astwerk erfaßt zu werden. Bahnte sich eine gefährliche Situation an, half nur reaktionsschnelles zur Seite Springen.

Ende Oktober 1949 kehrten wir ins Hauptlager nach Solnoje zurück.

Es geht in die Heimat!

Mitte November 1949 erreichte uns auf der Straßenbaustelle am frühen Nachmittag die Nachricht: ›Sofort ins Lager zurück, es geht nach Hause!‹

›Die Botschaft hör ich wohl, allein es fehlt der Glaube.‹ Wir waren skeptisch, zu oft hatte es geheißen, es ginge nach Hause, tatsächlich wurden wir jedoch nur in ein anderes Lager verlegt. Diesmal aber traf die Nachricht zu. Wir wurden zum Sammellager nach Sysran' transportiert und hier neu eingekleidet. Wir erhielten eine neue Wattejacke und eine neue Wattehose, beides außen dunkelblau, innen gelblich weiß gefüttert.

Einige Tausend Heimkehrer waren hier versammelt. Es kam eine gedämpfte Hochstimmung auf. Sie erhielt jedoch einen gewaltigen Rückschlag: Eine große Anzahl Kameraden, etwa einhundert, wurde in einen Saal geführt. Man eröffnete ihnen, daß sie noch einige Jahre als Strafgefangene in der UdSSR bleiben müßten. Die zuvor in den Lagern erfolgten Untersuchungen und Vernehmungen hätten ergeben, daß sie während des Krieges in der UdSSR schwere Straftaten begangen hätten, für die sie jetzt nach russischem Recht zu bestrafen seien: Zahlmeister hätten Lebensmittel von Kolchosen requiriert, Diebstahl russischen Staatseigentums hätte stattgefunden usw. Die angeblichen Delinquenten wurden sofort kahlgeschoren und abgeführt. Im einzelnen lag das ihnen verkündete Strafmaß bei bis zu zehn Jahren und mehr. In kurzer Zeit wurden Hunderte von

Jahren an Freiheitsstrafen verhängt. Die Strafgefangenen waren in der Zeit des Aufbaus der russischen Wirtschaft notwendige und vor allem billige Arbeitskräfte. 1955 gelang es Konrad Adenauer bei Verhandlungen mit der russischen Führung in Moskau, die Heimkehr der letzten deutschen Kriegsgefangenen aus der UdSSR zu erreichen.

Das Festhalten einer Vielzahl unserer Kameraden als Strafgefangene war der Anlaß, daß mein Freund Oberleutnant Borchard und ich vereinbarten, daß für den Fall, daß einer von uns nicht die Heimreise antreten dürfe, der andere sich in der Heimat beim Roten Kreuz oder einer anderen Einrichtung für dessen Heimkehr einsetzen sollte. Wir besiegelten diese Absprache mit Handschlag. Im Gespräch teilte er mir mit, daß er 1916, also vor 33 Jahren, hier im Lager Sysran' geboren worden sei. Seine in Estland lebenden Eltern waren während des Ersten Weltkrieges von Estland nach Sysran' deportiert worden. Estland war nach diesem Krieg eine selbständige Republik, 1940, während des Zweiten Weltkrieges, wurden Estland, Lettland und Litauen in den Kreis der 14 Unionsrepubliken der UdSSR aufgenommen.

Zum Glück wurde keiner von uns beiden als Strafgefangener zurückgehalten, beide konnten wir zusammen die Fahrt in unsere deutsche Heimat antreten.

Eine gute Tat trägt Früchte

Eines Tages kam ein russischer Stabsarzt zu uns ins Lager. Er erhielt ein Zelt wie wir, mit dem Unterschied, daß wir mit sechs Mann darin hausten, er aber allein darin wohnte. Es war jedoch ohne jegliche Einrichtung. Er bat mich, für ihn ein Bett, einen Tisch und einen Stuhl anfertigen zu lassen. Dies war Schwarzarbeit, mit der ich die Straßenbaugesellschaft V, für welche meine Brigade tätig war, nicht belasten durfte. Dennoch ließ ich die Möbel von einem zur Brigade gehörenden Tischlermeister anfertigen. Der Stabsarzt bedankte sich sehr, er konnte nun in seinem Zelt einigermaßen wohnen. Ich ahnte damals noch nicht, wie positiv sich diese Gefälligkeit für mich bei der Heimfahrt auswirken sollte.

Vor unserer Entlassung untersuchte uns eine russische Ärzte-Kommission auf unseren Gesundheitszustand. Diesem Team gehörte auch der erwähnte russische Stabsarzt als Vertreter meines Lagers an. Zur Erläuterung: Die Kriegsgefangenen mehrerer Lager waren hier zusammengezogen worden, jeder Gruppe war ein russischer Begleiter – meist ein Arzt – zugeordnet. Wir mußten also mit freiem Oberkörper und erhobenem linken Arm an der Kommission vorbeidefilieren. Zweck dieser Parade war festzustellen, ob im Oberarm die Blutgruppe eintätowiert war. Traf dies zu, handelte es sich im allgemeinen um einen

Angehörigen der Waffen-SS, deren Mitglieder noch nicht aus der russischen Kriegsgefangenschaft entlassen werden sollten. Einige Kameraden, bei denen dies zutraf, waren bereits herausgenommen worden und bildeten abseits eine kleine Gruppe.

Ich war natürlich kein Mitglied der Waffen-SS gewesen, besaß aber am linken Oberarm in etwa der Höhe der Blutgruppen-Tätowierung eine Operationsnarbe, die von einem Granatsplitter herrührte – dieses Geschehen habe ich oben bereits geschildert. Die Ärztekommission wollte mich wegen dieser Narbe wieder zurückschicken. Der Stabsarzt aus meinem Lager widersprach jedoch energisch und vertrat meine Position: Keine Blutgruppen-tätowierung, sondern Granatsplitternarbe. Die Kommission entschied sich nicht sofort, sondern stellte mich abseits. Hier stand ich nun mit klopfendem Herzen und am Boden zerstört. Nach einiger Zeit kam der Stabsarzt auf mich zu, blickte mich freundlich an, erfasste meinen linken Arm und führte mich zur Gruppe der Heimkehrer. Mir fiel ein Stein vom Herzen.

Von Sysran' in der UdSSR ging es nach Frankfurt/ Oder in die damalige DDR. Ein russischer Oberst verabschiedete uns an der russisch-polnischen Grenze. Der Schluß seiner Rede: ›Wenn ihr nach Hause kommt, sagt den Amerikanern, daß wir die Lager, die ihr gebaut und in denen ihr gewohnt habt, für sie bereithalten werden, falls es zu einem Krieg zwischen der UdSSR und den USA kommen sollte.‹ Der Kalte Krieg war in vollem Gange. Dann spielte eine Militärkapelle die Nationalhymne der UdSSR:

Sous neruschimiy	*Unzerstörbare Union*
Respublik swobodnich	*der unabhängigen Republiken*
Splotila naweki	*hat das große alte Rußland*
Welikaja Rus	*auf ewig zusammengebracht*
Da sdrastwuet sosdaniy	*Es lebe hoch, die mit dem*
Woley xnarodow	*Willen der Völker gemachte*
Jediniy mogutschiy	*einzelne, mächtige*
Sowetskiy Sous	*Sowjetunion*

Es herrschte während der gesamten Fahrt eine gedrückte Stimmung. Die Verurteilung der großen Anzahl unserer Kameraden zu uns unverständlich hohen Freiheitsstrafen wirkte noch nach. Mir selbst ging es gesundheitlich nicht gut. Ich hatte Fieber und fühlte mich unwohl. Ein Kamerad, der uns ärztlich betreute, gab mir Aspirin. Auf keinen Fall wollte ich zurückbleiben. Die Strecke Sysran' – Frankfurt/Oder beträgt etwa 2.200 km Luftlinie. Endlich kamen wir in Frankfurt/Oder an. Die Kameraden, deren Entlassungsziel in der damaligen DDR lag, stiegen dort aus. Ich wollte weiter in die BRD.

Der Grenzübergang in Friedland

Von Frankfurt/Oder ging der Transport weiter zum Grenzübergang bei Friedland. Bis dahin wurden wir von russischen Soldaten begleitet. Wir erreichten die uns vom Westsektor trennende Schranke. Sie wurde geöffnet.

Etwa 10 Meter hinter der Schranke löste sich die in uns aufgestaute innere Verkrampfung. Jubel erfaßte uns. Wir waren wieder in der deutschen Heimat! Wir rissen die Schapkas vom Kopf und warfen sie hoch in die Luft. Einige landeten in den Zweigen der am Straßenrand stehenden Bäume und trafen dort auf viele weitere, von vor uns Heimgekehrten hochgeworfene Kopfbedeckungen.

Am Ende der kurzen Wegstrecke stand ein Autobus, der uns nach Göttingen brachte. Es gab Schokolade zu trinken und belegte Brötchen zu essen. Diese Dinge hatten wir viele Jahre entbehrt. Wir glaubten im Paradies zu sein. Es ging mit dem Bus zum Krankenhaus in Göttingen. Hier wurden wir ärztlich untersucht und erhielten den Entlassungsschein ›Certificate of Discharge‹. Es war der 13. Dezember 1949, 1 703 Tage nach der Gefangennahme am 16. April 1945 bei Pillau in

Ostpreußen. In einer ersten Rückschau gingen mir die folgenden Gedanken durch den Kopf:

Neue Straßen erschließen neue Gebiete, verbinden sie mit den alten, ein neues Gesamtbild entsteht. Russen bauten mit Deutschen eine neue Straße, die das Ölgebiet an der Wolga erschloß. Beide lernten sich dabei verstehen und achten. Vorurteile wurden abgebaut.

Das neue Leben in Freiheit

Nun wollte ich als Erstes zu meiner Schwester, die in Cuxhaven lebte und dort verheiratet war.

Wegen meines labilen Gesundheitszustandes wurde ich im Krankenhaus in Cuxhaven vom 16. Dezember 1949 bis zum 2. Februar 1950 behandelt. Unmittelbar darauf fuhr ich nach Hannover, um mir dort einen Arbeitsplatz zu suchen. Ich hatte kaum Geld und meldete mich am 6. Februar beim Wohnungsamt. Mir wurde in einem ehemaligen Luftschutzbunker gegenüber der Tierärztlichen Hochschule ein Schlafplatz zugewiesen. Ich ging in den Bunker hinein und wegen der in ihm herrschenden unerträglichen Enge und Fülle gleich wieder hinaus. Der Bunker war überbelegt mit Flüchtlingen.

Daraufhin empfahl mir das Amt eine Heimunterkunft in der Bremerodestraße 39, die ich jedoch erst in ein paar Tagen belegen sollte. In ihr hatten zuvor dänische Besatzungstruppen gewohnt. Ich fuhr mit der Straßenbahn vom Stadtzentrum dorthin, betrat das Haus und fand ein unbeschreibliches Chaos vor. Möbel, Matratzen, Decken, alles lag durcheinander. Ich schnappte mir eine Matratze und zwei Decken, brachte die Dinge in einen Kellerraum und richtete mir dort eine Schlafecke ein. Das Haus war ungeheizt. So

184

wohnte ich über eine Woche lang allein. Mein Essen holte ich mir von einer nahe gelegenen Ausgabestelle des Roten Kreuzes.

Am 7. Februar 1950 erhielt ich vom Arbeitsamt Hannover den Arbeitspass Nr. 283617. Am 9. Februar wurde ich durch das Sozialamt komplett eingekleidet mit Mantel, Anzug, Schuhen, Oberhemd und Unterwäsche. Hinzu kamen noch Bettzeug und zwei Handtücher. Nun brauchte ich nicht mehr in meinem russischen blauen Watteanzug durch die Straßen von Hannover zu gehen.

Ich hatte vor dem Krieg in Stettin meinen PKW-Führerschein erworben. Er war mir bei meiner Gefangennahme abgenommen worden. In Hannover erhielt ich nach einer bestandenen Fahrprüfung einen neuen Führerschein. Dazu hatte ich am 24. Februar 1950 vom Sozialamt eine Beihilfe in Höhe von 47 DM erhalten.

Um diese Zeit wurde auch das Haus, in dem ich wohnte, voll belegt und von einem Leiter betreut. Ordnung kehrte ein. Ich kam auf eine Stube, die für sechs Mann eingerichtet war. Wir suchten alle eine Anstellung. An einem Vormittag brachte der Rundfunk Nachrichten: ›Der Bundestag beschloß einstimmig eine Erhöhung der Diäten für die Abgeordneten‹, danach die folgende Ansage: ›Die Zahlung einer Entschädigung an entlassene Kriegsgefangene wird bis auf weiteres zurückgestellt.‹

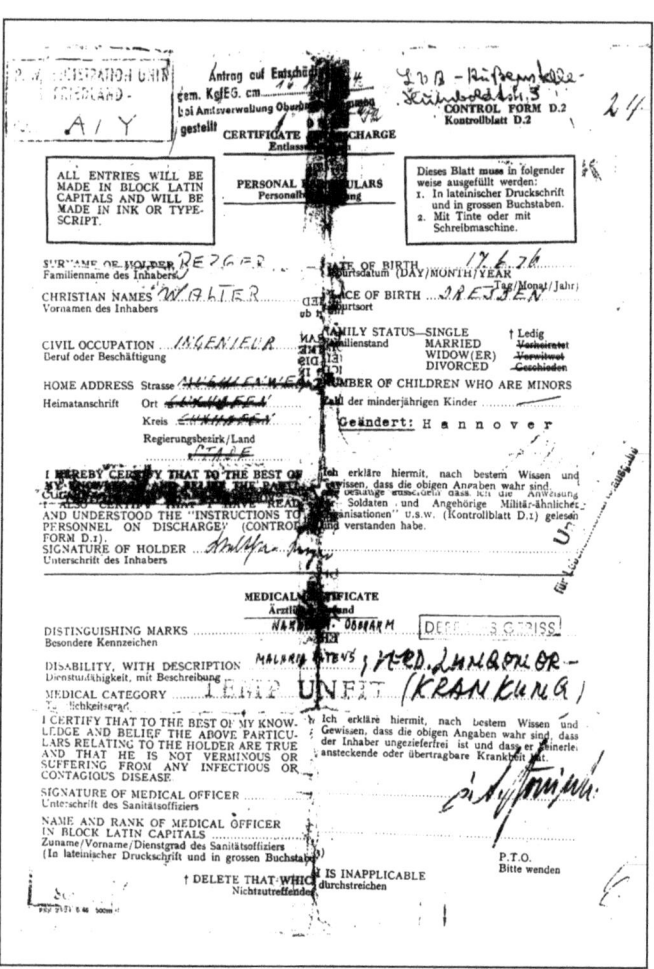

Abb. 15 : Entlassungsschein Vorderseite

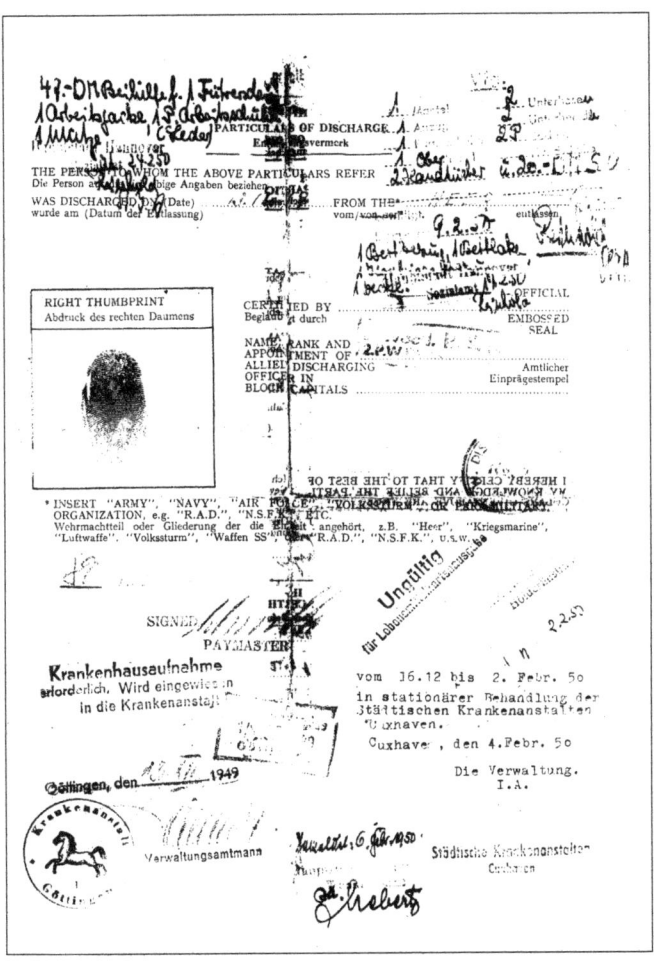

Abb. 16 : Entlassungsschein Rückseite

Auf meinen Fahrten in die Stadt kam ich in Höhe der Tierärztlichen Hochschule an der Firma ›Reinhold Delius‹ vorbei. Es war ein Unternehmen für Heizung und Sanitärtechnik, also Teilen meines Fachgebiets. Aufs Geratewohl betrat ich eines Tages die Firma, um mich für eine Anstellung zu bewerben. Ich trug dem Firmeninhaber meinen Wunsch auf Anstellung vor und schilderte meine Situation. Er stand meiner Bitte positiv gegenüber, da sein jetziger Ingenieur wegen Erreichung der Altergrenze in Rente gehen wollte. Er stellte mir seinen Mitarbeiter Herrn Bock vor. Es gab eine große Überraschung, denn wir kannten uns aus der Zeit, als ich bei der Firma Gebr. Schwarz in Stettin tätig gewesen war.

Ich erhielt die Anstellung. Meine neue Firma erstellte für mich in einem Schuppentrakt einen kleinen Wohnraum von cirka acht Quadratmeter Größe. Ich musste nun nicht mehr im Heim wohnen, die tägliche Straßenbahnfahrt entfiel, und ich stand der Firma, für die ich etwa ein Jahr tätig war, stets zur Verfügung.

Durch meinen Beruf kam es auch zu privaten Kontakten und Begegnungen. Ich lernte meine Frau kennen. Wir verlobten uns, wurden am 31. August 1951 standesamtlich und etwas später in der Dreifaltigkeitskirche in Hannover kirchlich getraut. Über das Wohnungsamt erhielten wir eine Wohnung in der Friesenstraße in einem Neubaublock. Wir waren die ersten Bewohner. Das Leben war wieder lebenswert geworden.

Es war im April 1951, als ich zufällig eine mir aus Stettin bekannte Dipl.-Ingenieurin, Katharina Pfeiffer, traf. Die Wiedersehensfreude war groß. Wir nahmen an einem bundesweiten Wettbewerb ›Energie-Vollversorgung im modernen Wohnungsbau‹, teil, ausgeschrieben von der Zentrale für Gasverwendung e.V. in Frankfurt am Main. Über 400 Mitbewerber beteiligten sich an diesem Wettbewerb. Von den Teilnehmern aus Hannover waren wir die einzigen, die nach Prüfung durch das Preisgericht für unsere Arbeit einen Ankauf in Höhe von DM 250,- zuerkannt erhielten. Unsere Arbeit wurde 1951 auf der Constructa-Messe in Hannover ausgestellt. Dadurch war unser Rat in Fachkreisen sehr gefragt.

Mein Arbeitsfeld in der Firma Delius in Hannover war mir bald zu sehr begrenzt. Auf meine Bewerbung trat ich am 1. Oktober 1951 in ein großes Unternehmen für Faserherstellung in Nordrhein-Westfalen in eine Abteilung meiner Fachrichtung Energietechnik ein und stieg dort zum leitenden Angestellten auf. In ganz Europa ging man daran, die durch den Krieg zerstörten Industrieanlagen wieder aufzubauen und auf den neuesten Stand der Technik zu bringen. Die Wirtschaft boomte. Die 48-Stundenwoche war die normale Arbeitszeit, die Belegschaft arbeitete im Schichtbetrieb, damit die Produktion keine Unterbrechung erfuhr. In den 50er und 60er Jahren wurde nach genauen Ablaufplänen selbst zu Ostern, Pfingsten und Weihnachten gearbeitet. Der Einsatz- und Aufbauwille war beispielhaft.

Der Dank des Vaterlandes ist Dir gewiß,
er schleicht Dir immer hinterher
und wird Dich niemals erreichen.

Der Bundestag erließ das Gesetz über die Entschädigung von Kriegsgefangenen. Am 16. August 1954
stellte ich den erforderlichen Antrag bei der zuständi-
gen Amtsverwaltung. Der Dank erreichte mich fast 3
Jahre später am 11. Mai 1957. Ich erhielt für 1 703 Tage
Kriegsgefangenschaft 1 440 DM, das waren 0,85 DM
pro Tag.

Krieg und russische Gefangenschaft hatten bei mir
erhebliche gesundheitliche Schäden hinterlassen, zum
Beispiel die Malaria, die Lungentuberkulose, selbst
wenn sie nicht zum Ausbruch gekommen war, die
ständigen Geräusche im linken Ohr, im geringen
Maße ferner die fünf Granatsplitter, auch wenn diese festsaßen. Am 4. April 1952, also über zwei Jahre
nach meiner Entlassung aus der Kriegsgefangenschaft
wurden diese Schäden auf Grund einer ärztlichen Untersuchung als Schwerbehinderung in Höhe von 70 %
festgestellt. Durch eine äußerst disziplinierte Lebensweise, Nichtrauchen, kaum Alkoholgenuß, sportliche
Betätigung, wie Laufen mit intensiven Atemübungen,
Gymnastik und Schwimmen, gelang es mir, diesen
Beschädigungsgrad auf 50 % zu reduzieren. Natürlich
hatten auch die psychischen Belastungen während der
Gefangenschaft Wirkung hinterlassen. Auf ärztlichen

Rat trat ich deshalb in einen Judoklub ein. Die dort betriebenen vielseitigen Entspannungsübungen waren gut für meine Psyche. 1971 erwarb ich den Schwarzgurt, den 1. Dan. Durch die sportlichen Aktivitäten verringerte sich mein Schwerbehinderungsgrad auf 30 %.

Rückblickend kann ich – nun 89jährig – sagen, daß mein heutiger relativ guter Gesundheitszustand auf gesunde Lebensweise und positive Grundeinstellung zurückzuführen ist. Täglich absolviere ich – im Sommer im Garten, im Winter in meinem im Haus eingerichteten Sportraum – eine Stunde Fitnesstraining. Im Sommer schwimme ich oft im nahe gelegenen Freibad.

Formuliert mit den Worten des bekannten Dresdners Felix Graf Luckner:

›Kiek in de Sünn!‹

Bildnachweis

Umschlag Vorderseite: Walther Berger im Alter von 32 Jahren, aufgenommen im Lager Solnoje an der Wolga, 1948.

Umschlag Rückseite: Walther Berger heute, 89jährig, 2005.

Die vom Autor gefertigten Entfernungs- und Lagerskizzen – Abbildungen 3, 5, 7, 11 und 12 – wurden von Jott M. auf Buchformat gebracht.

Die Abbildungen 8, 9, 10 und 13 zeichnete C. Mauder nach Beschreibungen des Autors.

Die Photographie, Abbildung 14, stammt aus dem Archiv des ehemaligen deutschen Lagerleiters Hans Müller.